엄마, 꽃이 되다

엄마, 꽃이 되다

초판 2020년 07월 14일 1쇄 발행

지은이 소 빈
펴낸이 김창희
편집인 홍승록
펴낸곳 빈퍼블리시

등록 2020년 4월 16일 제2020-000049호
주소 서울시 서대문구 연세로2길 83, 3층 301호
문의 02-6080-2556

e-mail beenpub@naver.com
ISBN 979-11-970694-0-6 03810

값 15,000원

이 도서의 국립중앙도서관 출판예정도서목록(CIP)은 서지정보유통지원시스템 홈페이지(http://seoji.nl.go.kr)와 국가자료공동목록시스템(http://www.nl.go.kr/kolisnet)에서 이용하실 수 있습니다.(CIP제어번호: CIP2020027563)

엄마, 꽃이 되다

소빈 지음

잊고 있었던 위대한 사랑을 만나는 시간

빈퍼블리시

차례

하나.

엄마, 꽃이 되다

엄마는 처음부터 꽃이었다

엄마는 꽃이기를 거부하시고

우리는 엄마가 꽃인 줄을 몰랐다

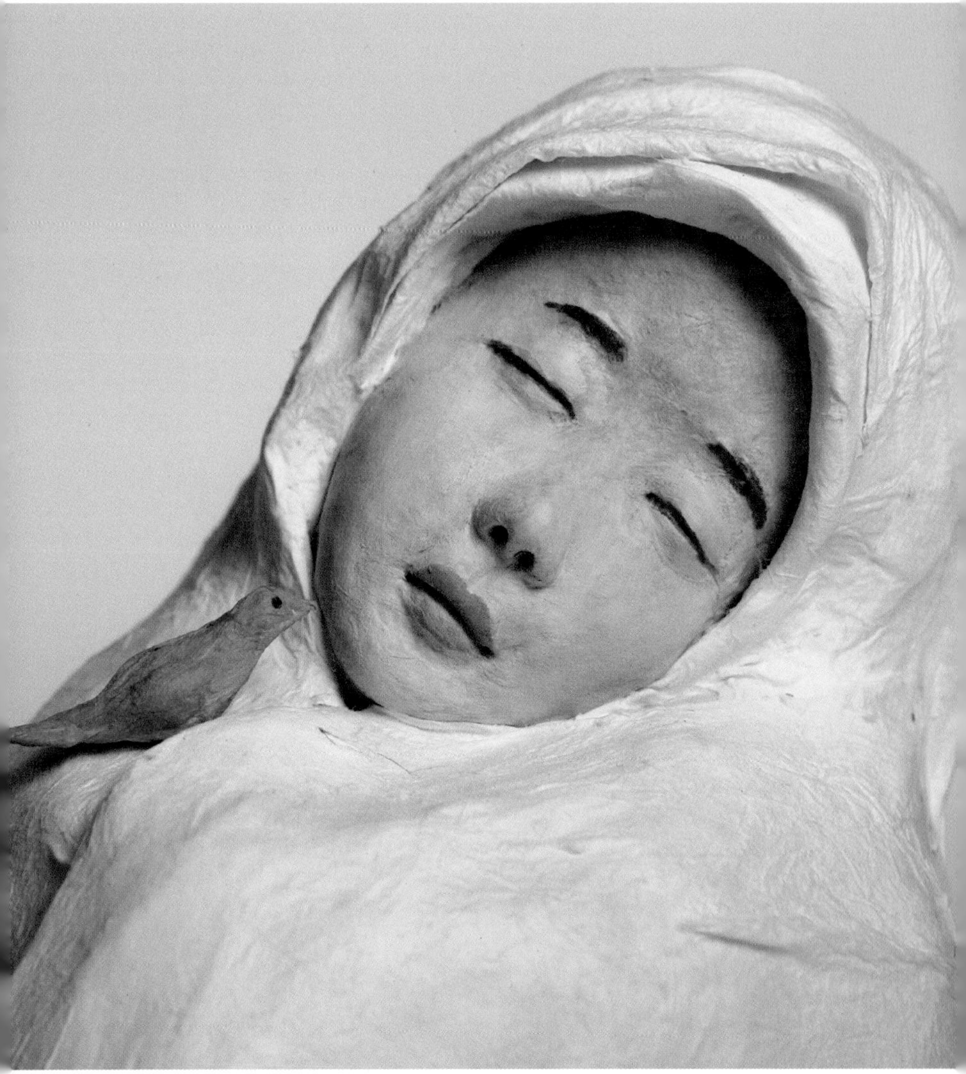

나는 살면서 작은 것 하나에도

흔들리며 사는데

엄마는 가을 하늘처럼

흔들림 하나 없었다

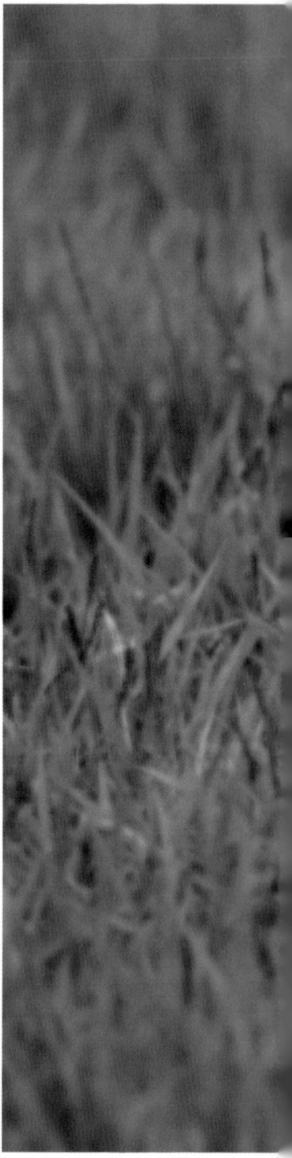

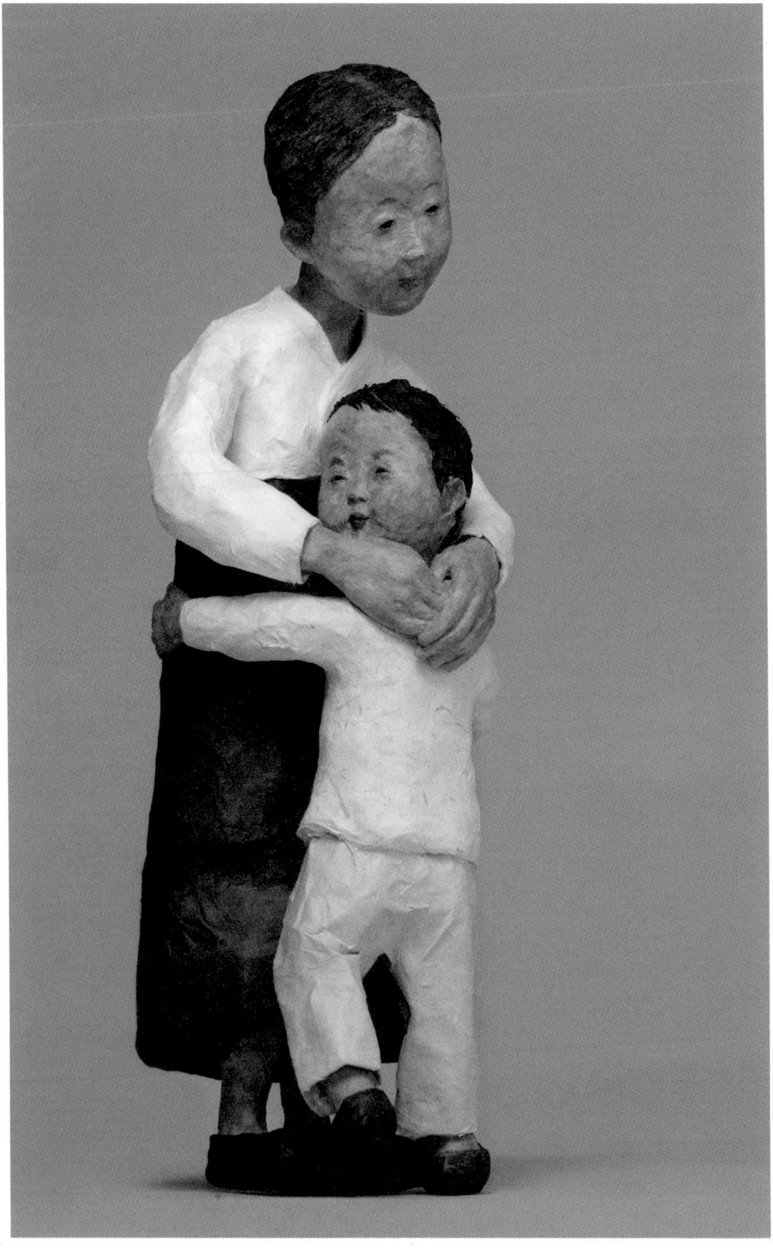

하나. 엄마는 꽃이 되다

아무도 없는 숲에 있다는 건
엄마 품 안에 있는 기분을 느끼게 해
그러다 다시 완벽한 고립으로
절대 혼자라는 것을 느껴볼 수 있는 귀한 시간이 되지
그런데 말이지
결국은 숲이 날 너무 포근히 감싸고야 마네

하나. 엄마는 꽃이 되다

엄마 일 가는 길에 하이얀 찔레꽃
찔레꽃 하이얀 잎은 맛도 조옿지
배고픈 날 하나씩 따먹었다오
엄마 어 엄마 부르며 따먹었다오

진한 향기가 없으나 은은한 꽃

너무 화려하지 않아 볼수록 고운 꽃

1년 365일 만개하는 꽃

엄마꽃

참 예쁜 꽃

보고 있어도 보고 싶은 꽃

하나. 엄마는 꽃이 되다

엄마 웃음에 답이 있다
몸짓에도 정답이 있다
나는 엄마가 아니라서
그리 많은 답을
아직은 알지 못 한다

하나. 엄마는 꽃이 되다

하나. 엄마는 꽃이 되다

엄마 마음은 추석보다 앞섰다
발걸음은 분주했고 손은 무거웠지만
마음은 가뿐해 보였다
제사를 지내고 자식들을 먹이려는
엄마 마음에 구름 걷히고
해가 떠야만 알 수 있었다

하나. 엄마는 꽃이 되다

엄마의 가을은 분주하다
손도
발도
마음도 바쁘다

문풍지를 바르며
작은 국화잎도 끼워 넣는다
새끼들 먹이려 몸도 마음도 서둔다

가을햇살
떠나기 전에
엄마의 가을은
코스모스보다 여리지만
그보다
향기롭다

당신이 하늘이어서 푸른 빛 내어줄 때

저는 무지개가 되었답니다

당신이 땅이어서 품어줄 때

저는 파릇파릇 솟아오르는 새싹이었습니다

하나. 엄마는 꽃이 되다

살아있음의 마법 속에서도

시간의 흐름은 살이다

엄마의 살에 나는

이슬방울처럼

눈물 한 방울

주르륵 흘러내린다

엄마는 미안해하기 전에
행동으로 보여주셨는데
자식은 미안해하면서도
실천에 옮기지 못 하는구나

엄마가 건강해지실수록
나는 시들어갔다
좋은 일인데 나는
모두 멈춰져 버렸다

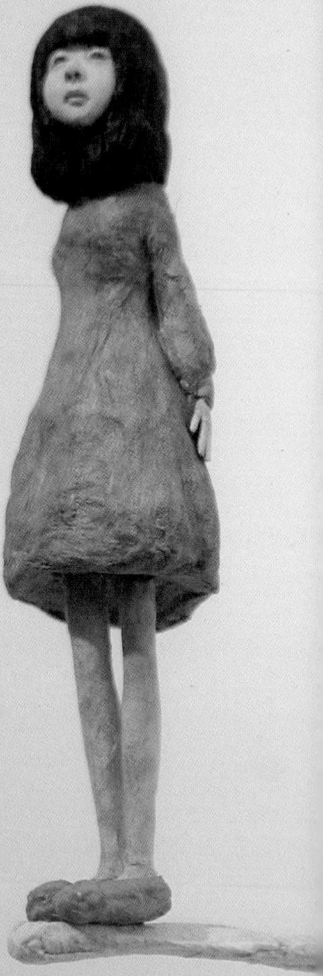

하나. 엄마는 꽃이 되다

벼랑 끝에 수없이 섰다
벼랑 끝은 나에게 위안의 장소였다
언제든 뛰어내릴 수 있다고
나의 어떤 갈등에도

나는 엄마에게

모진 소리를 해대기도 했다

그러지 말았어야 했다

더 사랑한다고 말했어야 했다

엄마 사랑해라고

엄마 옆에 누워 고개를 돌렸다

내가 있다는 게 그리 큰 위안일까

금세 새근거리는 소리

또 반복되는 눈물을 쏟는다

불편한 몸을 이끌고

아들 아들 하며 부르는 모습이

이제는 그립다

나를 기억하고 있던 그 시절이

하나. 엄마는 꽃이 되다

엄마의 음식이 생각난다

엄마가 아픈 이후로 맛을 못 봤고

앞으로는 더욱 가능성이 없다

엄마가 드실 수 있다면

내가 해드릴 수도 있을 텐데

엄마의 음식이 그립다

하나. 엄마는 꽃이 되다

바람은 보이지 않는다는 말에 빠져있다
그러다 보니 눈을 감으면 바람만 보이기도 한다
보이지 않는 바람이었다가 오직 바람만 보이기도 하니
내 마음 안에서 일어나는 일들이란
눈 한 번 뜨고 감고에서 비롯되는 것 같다
바람은 비 소식도 전하고
꽃향기도 전하고
새들의 노래도 전한다

바람 속에 살고 싶다

엄마가 힘없이 밥을 드시니
왈칵 눈물이 쏟아져 다가가니
엄마 냄새가 물씬 난다
맡아도 맡아도 좋다

혼자 저녁이면
싸늘하게 볼을 스치고
가슴 깊은 곳까지
쓰리게 스며드는 바람에
몸서리치지만
맑고 투명해지는 정신으로
아무도 몰래 상쾌해진다
가을엔 엄마에게 편지를 쓴다

나는 햇볕을 훔치지 않았어

햇볕은 나에게로 찾아와

기어이 따듯하게 쏘아주었지

햇볕이 엄마인지 엄마가 햇볕이었던 것인지

인위적 향기는 없는 엄마의 냄새를 느끼며

푹 껴안고 같이 오수를 만끽하고 오는 길

엄마의 뒷모습은 늘 아리다

늘 돌려 뉘어야 직성이 풀렸지만

이젠 그냥 둔다

아니 또 하나를 마음에 얹는다

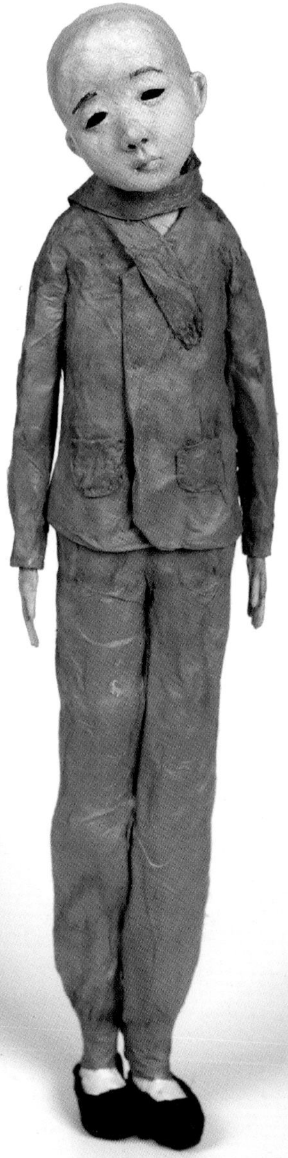

하나. 엄마는 꽃이 되다

나의 마음을 뒤흔드는

엄마의 쓸쓸한 표정은

철없는 아이와

깨어버린 성인의

모습을 갖고 있다

내가 맛있게 먹는 모습에

엄마의 배부른 표정이 좋았다

나도 엄마처럼 그럴 수 있을까?

웃음기가 빠지신 얼굴에 식사를 거부했다
막내아들의 생일이니
엄마가 잘 드셔야 한다는 말을 반복하고야
밥 한 그릇 다 드셨다

엄마가 잘 먹는 날이 내 생일이다

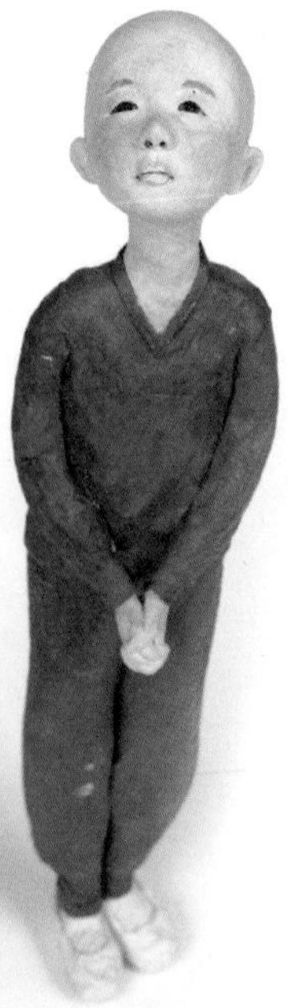

치매약과 당뇨약
그리고 약간의 안정제가 섞인 약을 드리면서
이 약 먹고 얼른 나아서 집에 가자고 나는 말한다
좋은 약이야를 반복하면서

좋다는 말에 엄마는
엄마로 돌아와
그럼 너 먹어
좋은 건 너 먹어야지

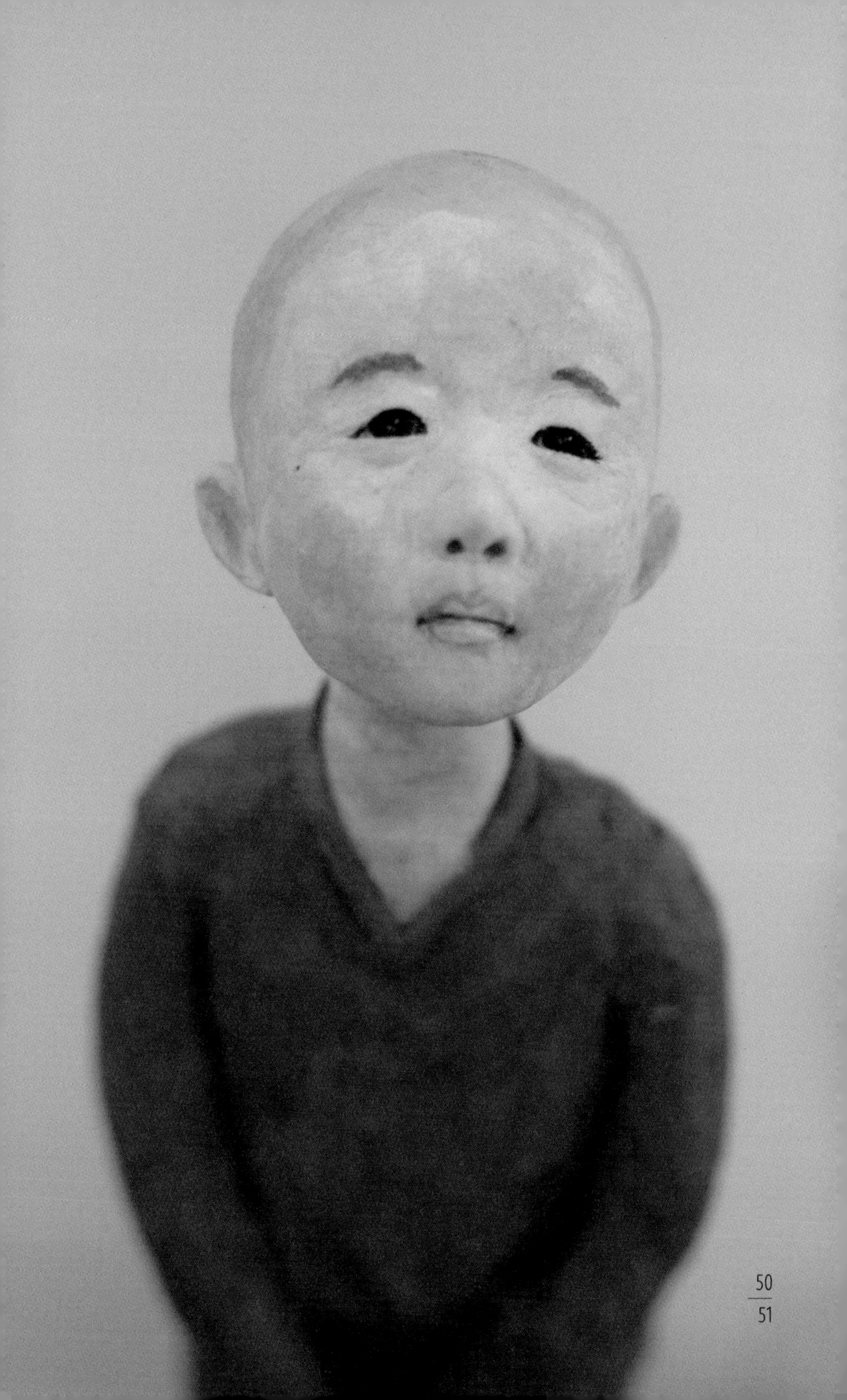

하나. 엄마는 꽃이 되다

그냥 지금의 엄마가
무슨 의미가 있을까를
생각 안 해본 건 아니다

내 삶이라면 어떤 식으로든
정리하고픈 현실이다

하지만 있어만 줘도
고마운 게 사랑이야

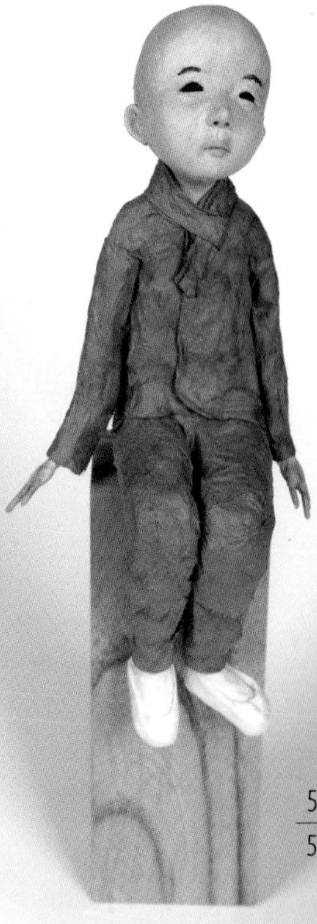

나는 엄마에게 갓 피어난 새봄

같았나보다

나를 보면 언제나 화사하고

맑은 웃음 머금은 얼굴

하나. 엄마는 꽃이 되다

엄마의 모진 풍파는 마치
진흙 밭 같고
나는 그곳에서 곱게 피어난
연꽃 같다

엄마는 그것이 진정 행복이었을까?

하나. 엄마는 꽃이 되다

나를 부르는 엄마의 소리
내 온몸의 세포들을 옥죄는 소리
밤마다 눈물을 토해내며
잠깐 감았던 눈을 다시 뜬다

엄마 나는 어쩌라고
지쳐가는 몸과 마음
나 좀 내버려둬
나도 힘들어

그날 밤도 하얗게 울었다
내가 서러워서 울었고
엄마한테 미안해서 울었다
그러다 덜컥 내일 엄마가 세상 떠나시면 어쩌지

하나. 엄마는 다

매일 밤의 연속되는 일상

내가 잠시라도 자릴 비우면

어김없이 나를 부르는 소리에

미칠 것 같은 순간들

엄마의 생일
해마다 마지막 생일이 될까 걱정
한해는 무심하게 빨리도 지나간다

현재를 살자
시간을 잡자

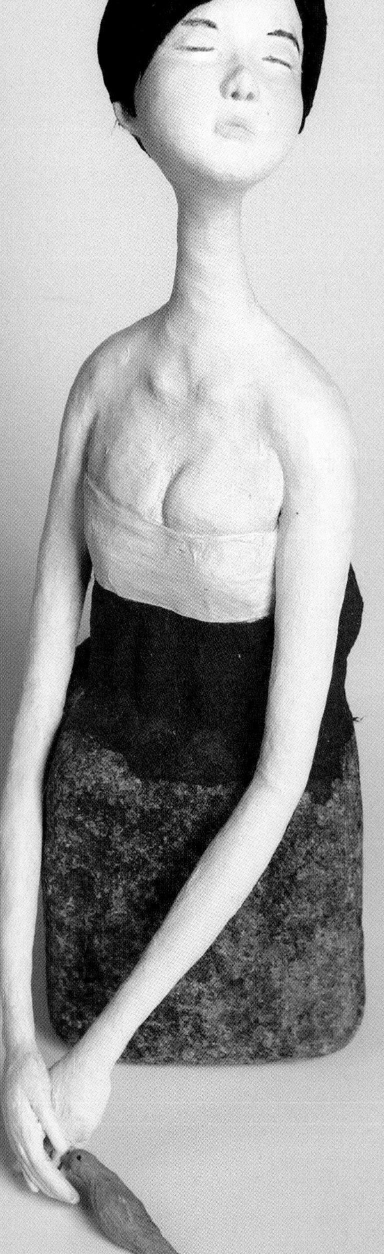

하나. 엄마는 꽃이 되다

엄마,
그 이름만으로도 정겹다
세상에서 가장 가까운 존재
효孝라는 말의 의미가 좋은 것은 알고 있지만
기어이 의리義理라는 이름으로 엄마 곁을 지키고 있다

고려장 같았다
지게에 엄마를 지고 간 건 아니었지만

엄마를 병원에 두고 돌아서는 순간
엄마를 버린 것만 같은 생각에

온몸이 부끄럽고 마음이 죄스러워
어느 구석에라도 숨고 싶은 마음뿐이었다

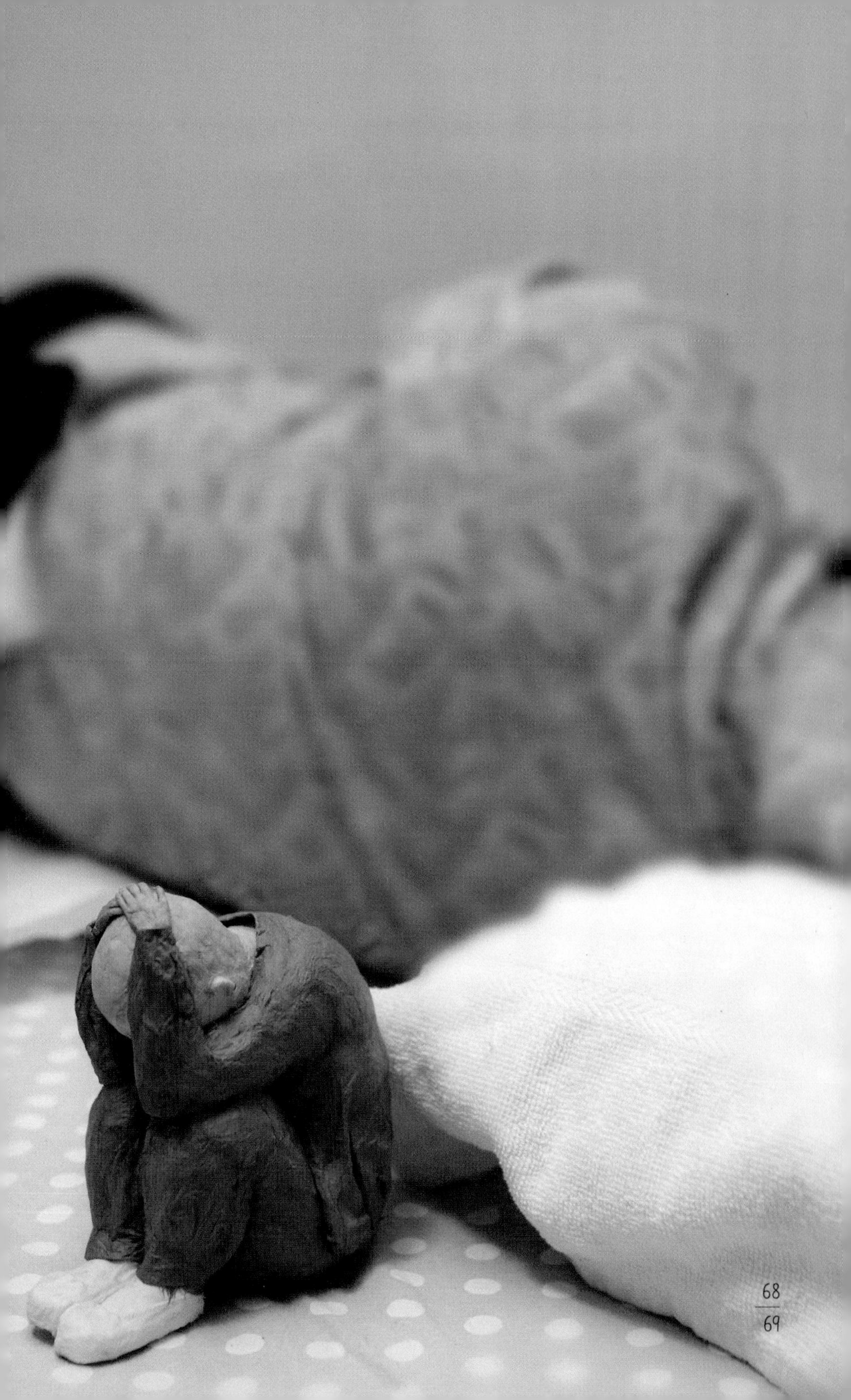

하나. 엄마는 꽃이 되다

내가 엄마를 부르는 것도

엄마가 나의 부름에

반응하는 것도 기적이구나

이런 기적은 시간이 흐르면 다시는 없다

나는 새가 되어 있었다

어디든 훨훨 날아다니는 자유로운 새가 아니라

이미 길들여진 새장 안에 갇힌 새가 되었다

날고 싶었다

먹이가 없어도 태양빛 한 조각 없어도

흐르는 바람이면 되었다

나는 날개가 있는데

하나. 엄마는 꽃이 되다

하나. 엄마는 꽃이 되다

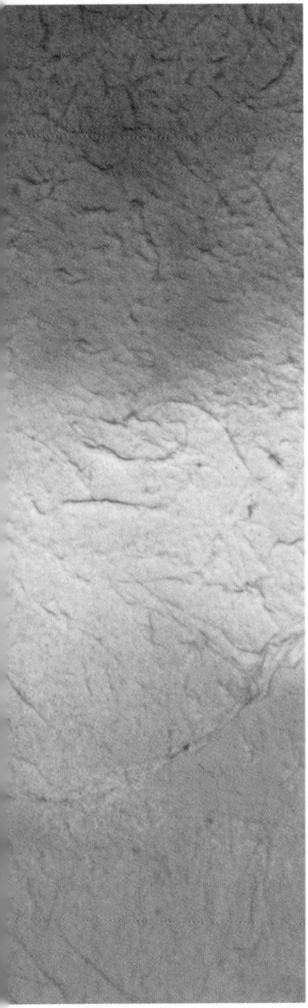

엄마를 찾는 시간이 조금씩 멀어진다
이제 몇 번을 더 뵐 수 있을까
생각을 하면서도

이런 저런 일상에 쫓겨
두고두고 후회할 시간을 보내고 있다

엄마가 정월 대보름달을
몇 번이나 더 보면
세상을 떠나실지
예쁜 코스모스 꽃을
몇 번이나 더 보시면
세상을 떠나실지
가슴이 찡하다

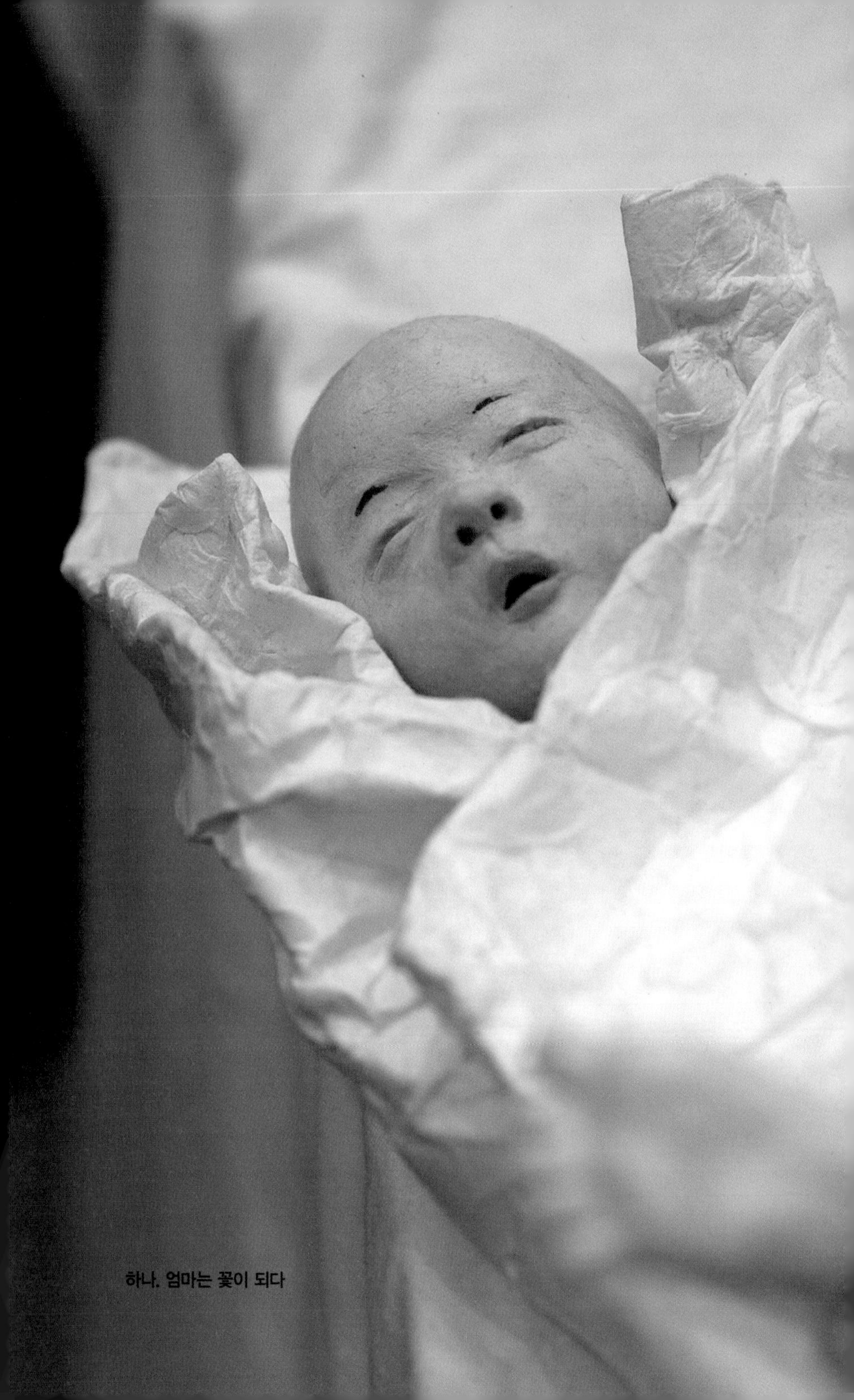

하나. 엄마는 꽃이 되다

애기가 되어버린 엄마를 보면서
그 짧은 시간 동안 엄마 뜻 그대로를
받아들이지 못했음을 두고두고
후회할 일이다

그 시절로 돌아간다고
엄마의 뜻대로 아무 불평 없이
기쁘게 할 수 있을까?

역시 마찬가지 일 것이리라
아직 생존해 계시니 부족하더라도
지금 이 순간 잘해야겠다
나중에 또 후회할 테니

하나. 엄마는 꽃이 되다

엄마의 손이 이렇게
고왔던 적이 있었던가?

엄마의 손은
늘 까끌거렸던 것이 익숙하다

배를 만져줘도 등을 긁어줘도
거친 듯 따듯한 손의 촉감

아무것도 할 수 없을 때가 되어서야
엄마의 손이 고와졌다

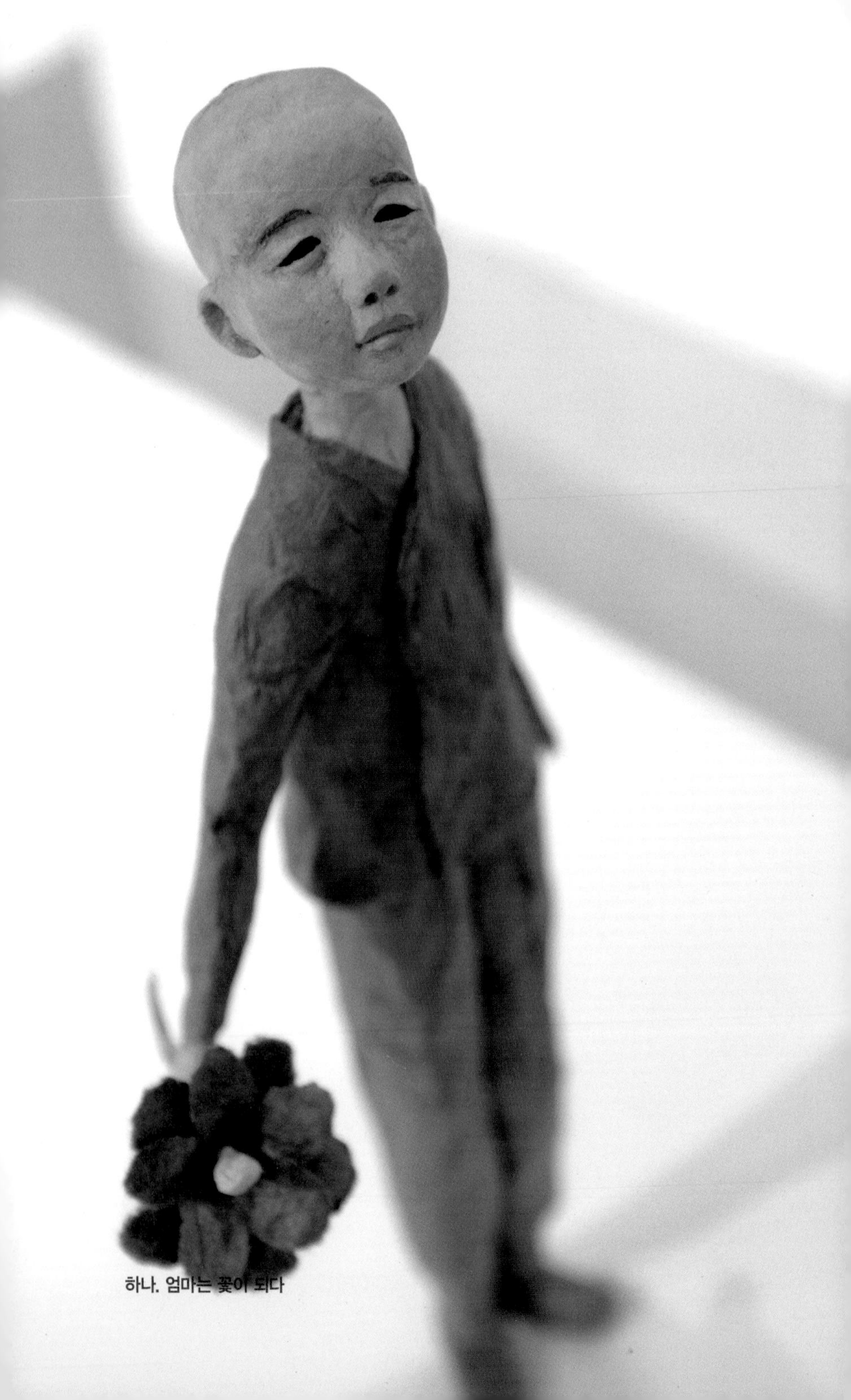

하나. 엄마는 꽃이 되다

치매로 자식도 알아보지 못 하시면서도
노래 열 가락은 거뜬히 부르신다
첫 소절 가사만 꺼내면 끝까지
음정, 박자, 가사 완벽하시다
엄마의 노래는 뇌 속
어디에 각인된 것처럼
그 노래가 끝이 나면
엄마의 얼굴에 웃음기가 가신다
내가 웃어보라고 하면
짧고 어색한 웃음을 지으신다

아무리 눈물로 회개하고
새로운 다짐을 해도
새장 안에 갇힌
길 잃은 새 같은 삶은
나의 날갯짓을 잃게 하고
나는 날고 싶지는 않았지만
새장 밖을 바라보고 있었다
새장 밖으로 날아가면 혼자 남을
엄마를 어떻게 하나

견디고, 견디고, 견뎌야 한다

나는 점점 시들어갔다

엄마의 사고와 병상 생활은 절망이고 나락이었다

솔직히 엄마보다 내가 먼저 죽을 것 같았다

죽고 싶은 마음이 어디 한두 번이었으랴

하루 종일 아프신 엄마를 바라보고 있으면

온갖 번뇌가 한가득 스쳐갔다

그래도 내 삶은 엄마가 이유였고

엄마 역시 내가 전부였다

겨울비가 따듯하게 내린다
나에게 우산이었던 존재
우주에서 가장 가까운 친구로
끝까지 의리로 남을게요
엄마

우리가 어릴 때는
우릴 더 먹이시려고
엄마는 뭐든 잘 안 드시더니
이젠 정말 입맛이 없어
몸이 받아주질 않으니 뭐든 못 드시고

하나. 엄마는 꽃이 되다

엄마는 젊은 시절

어떤 꿈을 꾸셨을까?

하늘 색 꿈을 꾸셨을까?

하나. 엄마는 꽃이 되다

엄마 혹여 너무 외로워 마세요
엄마가 강물이어서 흘러갈 때
저는 물위에 흐르는 조각배였어요

엄마는 젊음과 호시절
고생으로 다 보내시고
말라비틀어진 넝쿨이 되셨다
그리고 우리는 비로소 깨닫는다

엄마에 대한 죄송함을

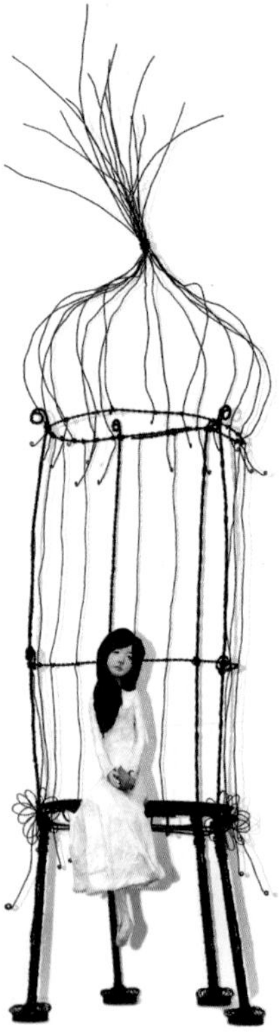

바닷가에 있는 등대를 보니
엄마를 떠오르게 한다

길을 잃지 않게 환하게 비춰주는 등대
언제나 당신은 나의 등대였군요

이제야 깨달은 나의 어리석음에
당신한테 다시 한 번 용서와 감사를 표합니다
사랑합니다

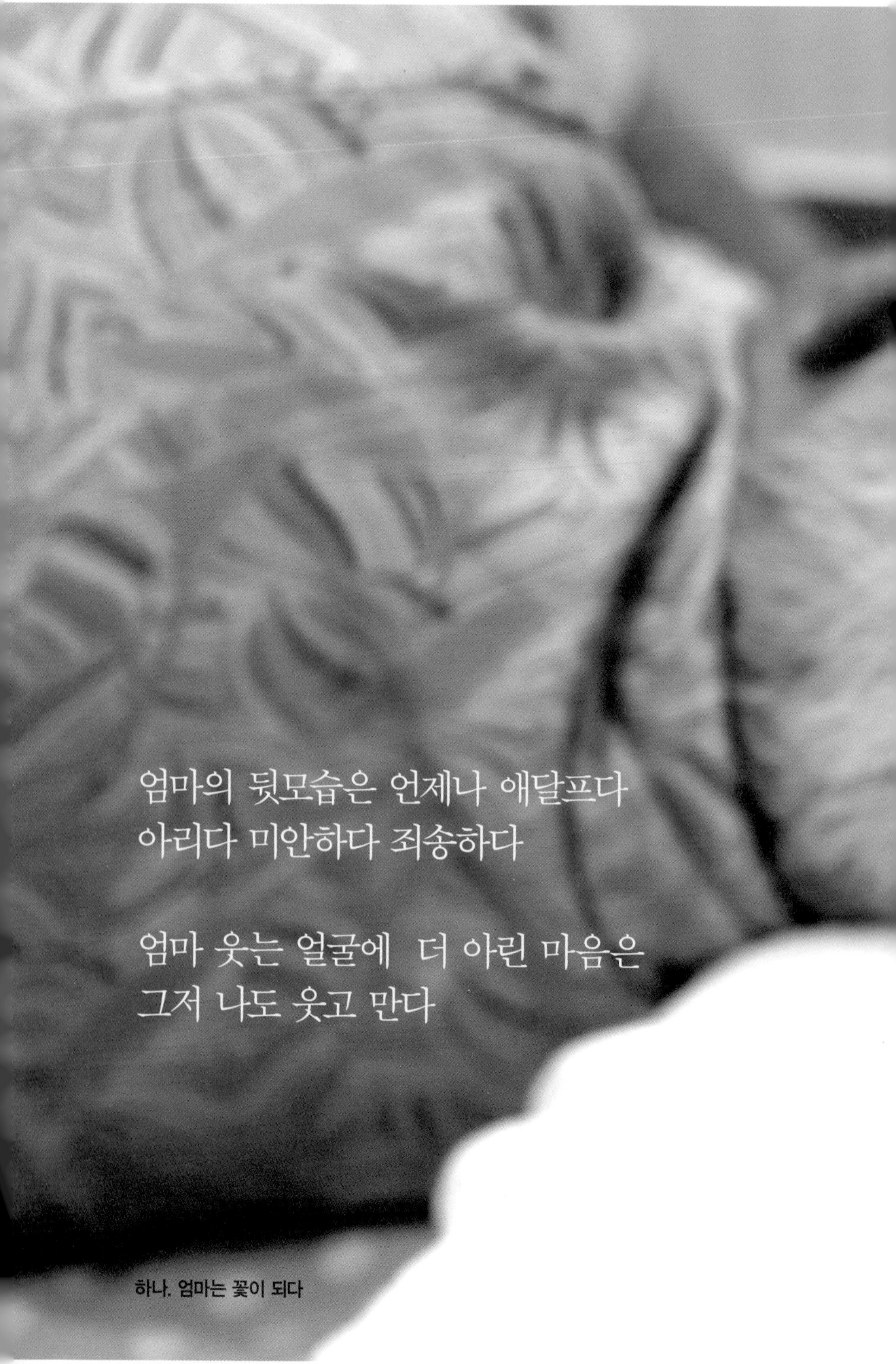

엄마의 뒷모습은 언제나 애달프다
아리다 미안하다 죄송하다

엄마 웃는 얼굴에 더 아린 마음은
그저 나도 웃고 만다

마치 드라마를 찍고 있는 느낌
엄마의 치매
9년간의 일들이 아스라이 순간처럼

그렇게 길게 느껴졌던 하루하루가
이제는 순간이 되어버렸다니
엄마와의 시간은 나에게
슬픈 드라마 한 편으로 남았다

엄마의 몸에서 특유의 노인 냄새와
환자냄새가 배어 있다
엄마의 웃음을 보는 순간
그 냄새는 아무렇지 않게 된다
엄마를 안고 이 냄새라도 맡게 해주어서
고맙다고 몇 번이고 말한다

움직일 수 없을 때에야 알다니
마당에 핀 채송화 고운 줄은 진즉에 알더니
복사꽃 하얄 때 그토록 마음 설레어 하더니
엄마 꽃이었음을 이제야 말하려니

하나. 엄마는 꽃이 되다

꽃들이 피어난다
여기저기 아직 추위 남았건만
꽃소식들 무성하다
더 따듯해지면 엄마를 차에 태워
하얀 배꽃 보러 가야지
엄마에게 봄을 선물하고 싶다

하루라도…

그러다가 한 달이라도…

1년이라도 더 살아계시길 기도 한다

파랑새를 그리며

파랗게, 파랗게 살아계시기를

지금은 엄마의 편안한 이별을

마음 깊이 기도한다

엄마꽃을 그리며

매번 반복되는 간병의 일상은
단조롭지만 틈이 없다
밥부터 시작해 약 챙기기 씻기기, 배변
주변정리 및 청소
하루 세 번의 똑같은 일상
수면제가 포함된 치매약을 드시면
곧 잠의 세계로 들어가셨다

하나. 엄마는 꽃이 되다

약도 내성이 생겨 깊은 잠을

못 이루기까지 그리 오래 걸리지 않았다

잠에서 엄마를 잃은 아이처럼

나를 찾을 때

나의 마음에선 부아가 짜증이 치밀기 시작했다

내가 왜 여기서 이러고 있는 것일까?

나의 일은? 나의 내일은? 나의 미래는?

점점 마음의 화火는 커지고 있었다

하나. 엄마는 꽃이 되다

내 곁엔 언제나 마더테레사
눈을 뜨나 눈을 감으나

비가 오나 눈이 오나
바람이부나 해가 뜨나

그 순간순간을
놓치고 살았음을 살을 에는 추위보다
심장이 싸늘해진다

어찌 그 순간을 놓치고 살았을꼬
따듯하게 몸 끌어앉으며
뜨거운 사랑의 마음 전해야 했다

고맙다고 매번 말하고 또 말해야 했다
사랑한다고 수도 없이 안아드려야 했다

늘 나와 함께이고 팠던 엄마의 눈빛을
모른 체했던 시간들을 두고두고 후회한다

하나. 엄마는 꽃이 되다

제비꽃 핀 언덕에
햇살 한줌 모여 따듯해지면
엄마의 보랏빛 무명치마가 생각난다

제비꽃 무덤에 엎드려 엄마냄새를 찾는다
자운영 붉은 들판에 서면
연분홍 치마입고 나들이 다녀오시던
엄마의 붉은 얼굴이 떠오른다

아름다운 것들은 진정
지난 것들인 것인가

하나. 엄마는 꽃이 되다

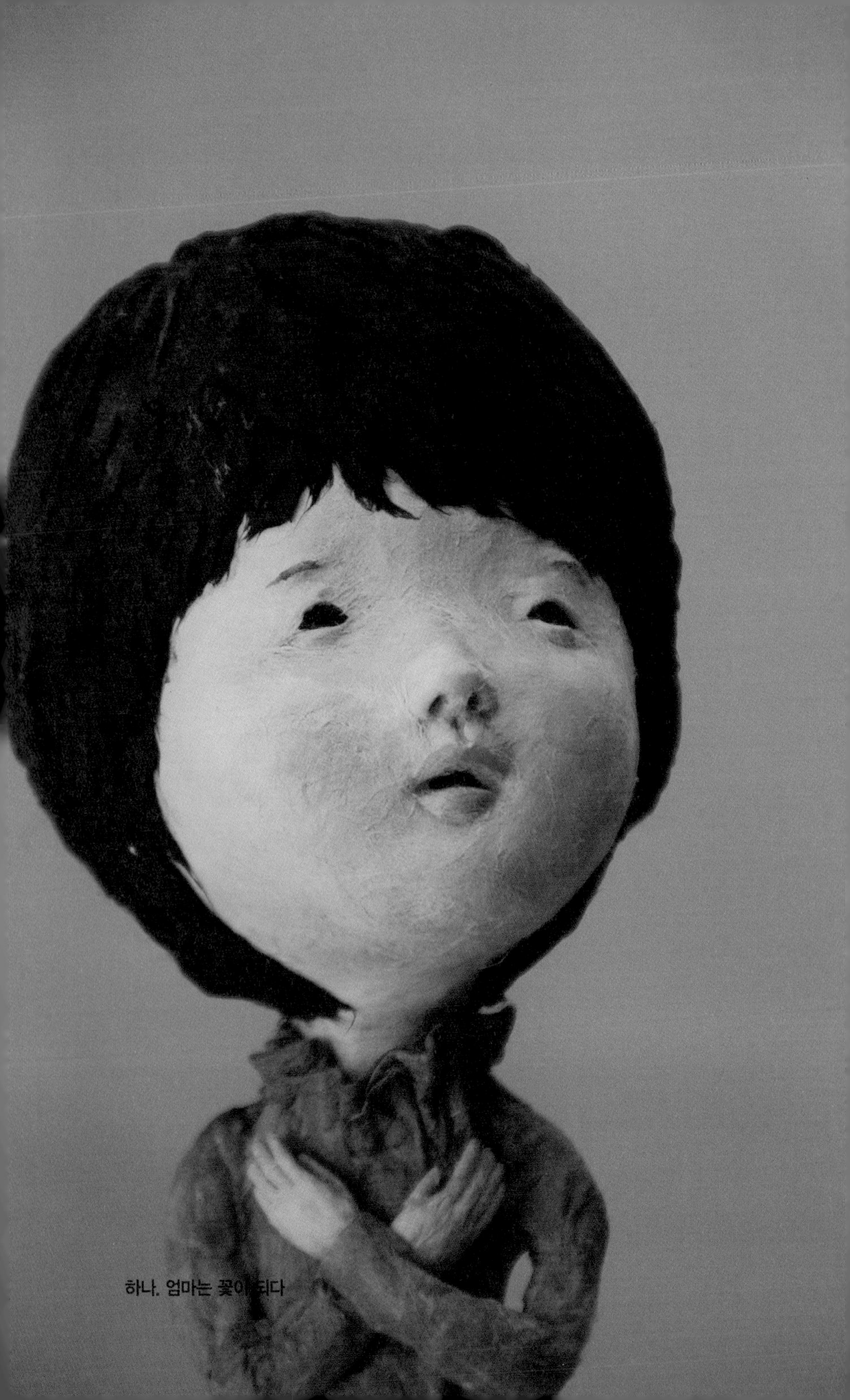

하나. 엄마는 꽃이 되다

엄마가 뭐길래
자식이 뭐길래
엄마는 내가 옆에 있으면
무서운 것이 없어 보였다

엄마는 내가 있으면 든든하셨나보다
그게 부담스러웠을까
나의 못남을 들키고 싶지 않았나보다
그냥 그대로 웃으며 받아줄걸

괜히 심통 부렸던 시절들
내가 어렸을 때
엄마만 있으면
세상 다 가진 듯 했었잖아

바보

나이를 먹으니 알게 된다
청년시절과 그리 변하지 않는 의식을 하고
어릴 때 그리 커보였던 엄마, 아버지
얼마나 불안하고 두려웠을지 이제 알게 된다

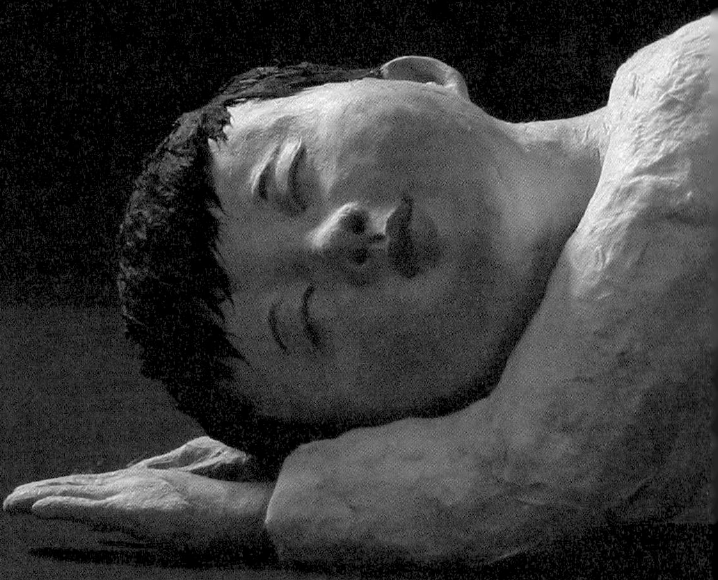

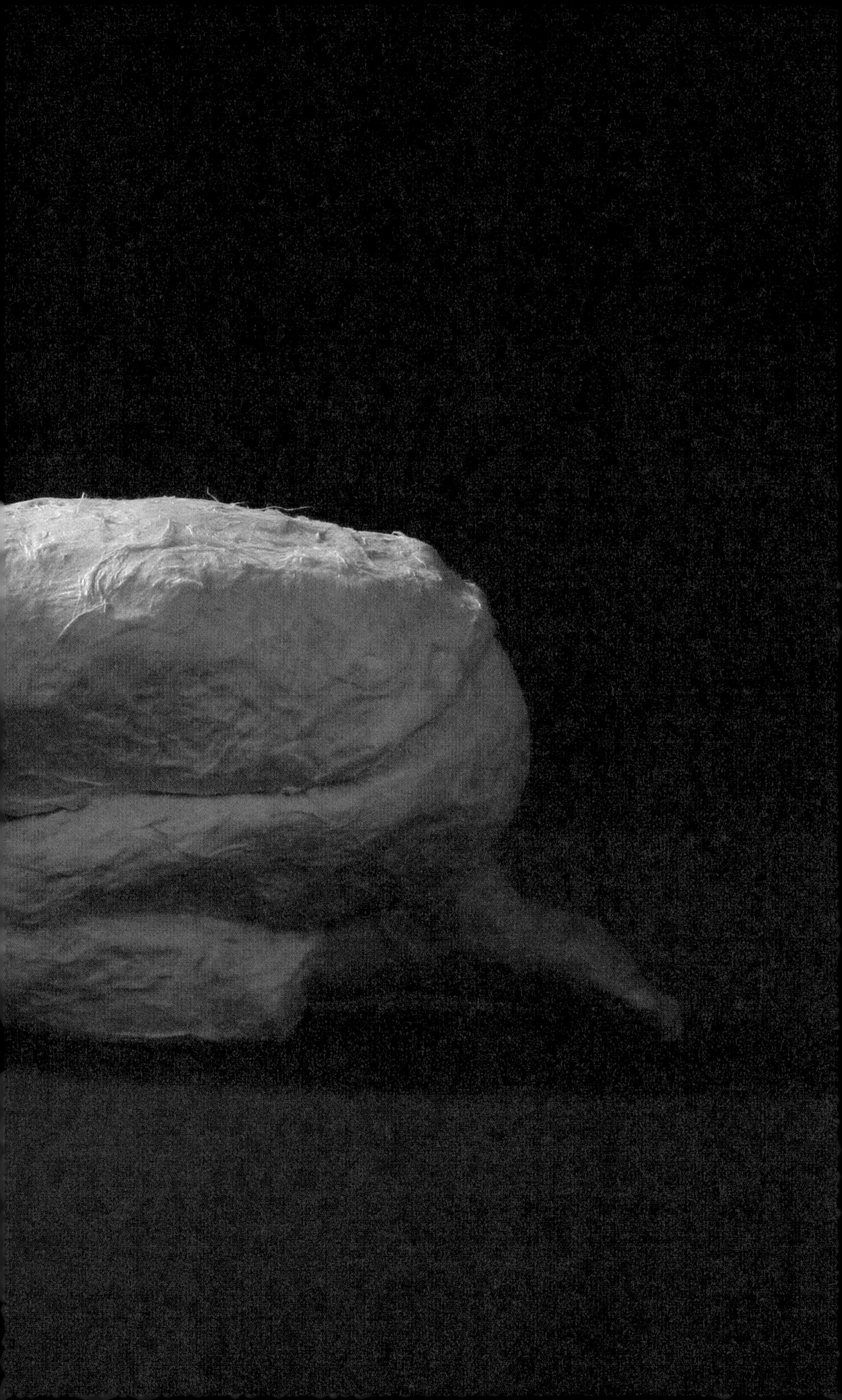

매화꽃 마을에
엄마 손을 잡고 갔었다
그래도 추억으로 남은 일들이 있었구나
매화 향은 은은한 향수를 머금은 불빛이었고
엄마 냄새는 매화향보다 그윽하다
매화꽃은 온 세상을 유혹하듯
방긋 터트렸고
엄마의 미소는 아련했어라

꽃은 꽃을 버려야 결실을 맺듯이
아픔을 겪고서야
나를 만나게 되겠지

비는 엄마와 닮았다
햇살은 엄마와 닮았다
바람은 엄마와 닮았다
모두들 필요한 것들은 대지에 주고
바라지 않는다
단지 주고 갈 뿐이다

꽃은 떨어지면 열매를 맺지만
엄마는 한 번 가시면
다시는 올 수 없다

나는 작은 새였고

엄마는 간호사였고

선생님이었고

요리사였고

청소부였어

보호자였어

온 마음으로 감싸주는

엄마는 꽃이었고

지금도 엄마는 꽃이었단 말을 전하는데

조금 더 일찍 알았더라면 좋았으련만

둘.

소빈 이야기

둘. 소빈 이야기

엄마는 20원을 빌려 조랑말을 사주셨다

엄마는 나의 손을 잡고 논에 물을 대기 위해
동네 어귀를 지나 걸음을 서두르셨다.
소작이었지만 그 논에서도 벼는 자라고 있었을 테니까.
동네를 벗어나 아주 초라한 구멍가게가 있었다.
동네 아이들에겐 늘 별천지 같은 곳이었을 테지.
엄마 손을 잡고 그 구멍가게 앞을 지나가는데
차마 발걸음을 떼지 못하게 하는 것이 눈에 들어왔다.

빠알간 조랑말 장난감.
엄마 손을 놓고 그 조랑말을 뚫어져라 보고 있었다.
뒤를 돌아보시던 엄마는 빨리 오라 재촉하신다.
그 장난감이 얼마냐고 물었다.
20원이라고 했다.
20원. 뽀빠이 과자가 10원이었다.
엄마에게 빨간 조랑말이 너무 갖고 싶다고 말했다.
엄마는 돈이 없다고 하셨다.
그리고 초연히 걸음을 재촉하셨다.
어떻게 엄마를 따라 갔는지 모른다.

그저 돌아오는 길에 다시 그 빨간 조랑말을
다시 한 번 보고 싶다는 간절한 생각밖에는….

노란색 튜브가 연결된 손잡이를 누르면 조랑말 몸통이 반으로 갈라지며
말이 뛰어간다던 구멍가게 주인아줌마의 말씀만 계속 맴을 돌았다.
그리고 돌아오는 길에 돈이 없어 못 사주시는 엄마 눈치를 보며
마음은 구멍가게에 붙여둔 채 애써 외면했다.
이틀 동안 나의 마음은 온통 조랑말에 있었다.
엄마는 열 달 동안 자신의 뱃속에 있던 자식의 마음을 모르실리 없다.
사흘째 되던 날 소꿉장난도 시큰둥해 하며 초가 마루에 걸터앉아 있던
나른한 오후, 엄마는 오전 일을 마치시고 점심식사를 하러 오셨다.
가볍게 미소를 짓고 손에 빨간 조랑말을 들고서….

"돈 없다면서?"
"옆집에서 빌렸어. 우리 막둥이가 갖고 싶어 해서…."
민망하고 쑥스럽고 어찌할 바를 모르겠다.
그러나 좋았다. 너무 좋았다. 세상을 다 얻은 듯이….
성인이 될수록 엄마의 아낌없이 주는 마음을 더 많이 알아가지만,
그때 이미 조금은 알 수 있었다.

어떻게든 자식에게 주고 싶은 엄마의 마음을.
부모로서 세상을 산다는 게 얼마나 힘든 일일지….
잃어버린 빨간 조랑말을 떠올리며 새삼 생각해본다.
이젠 팔순이 되신 어머니를 조랑말에 태워드려야 할 텐데….

둘. 소빈 이야기

찔레꽃 –엄마와 달떡

며칠째 날은 계속 맑다.

분주할수록 말이 없어지는 것일까.

표정은 초연하고 몸은 빠르게 움직이는 것인가 보다.

동네 아주머니들이 다 모였다.

마당 가운데 열 명도 넘는 아주머니들이 떡을 만들러 오신 것이다.

떡을 치고 팥을 삶고 떡을 만들고….

잠시 후 예쁜 반달 모양의 달떡이 완성되기 시작한다.

초록색과 흰 달떡에 참기름이 발라진다.

마당은 고소한 냄새와 왁자지껄한 웃음으로 잔칫집이 된다.

난 마치 잔치가 벌어진 양 집 밖에도 나갔다 들어갔다 하며 들떠있다.

가끔씩 살펴보는 엄마의 모습은 분주하긴 하지만 여전히 초연하다.

시장에 나가 떡을 팔 생각에 이미 마음이 가라앉아 있었던 것이었다.

도와주시던 분들도 모두 돌아가시고 마당은 깔끔하게 정리되었다.

드디어 1973년 음력 4월 초파일.
엄마는 생전 처음으로 떡을 팔러
춘향제가 열리는 축제장으로 나갈 준비를 하셨다.
나의 손을 잡고 무슨 생각을 하는지도 모르고
어떤 일이 일어날지도 모른 채 축제장으로 향했다.
다른 많은 사람들이 장사진을 치고 있었다.

엄마는 구석진 자리에 떡 광주리를 펼치기 시작했다.
지금과는 기온이 많이 달랐다.
아침엔 쌀쌀했고 햇살이 번져오면 참 따가웠다.
그렇게 햇살이 번져오는 동안 엄마는 떡 사라는 말씀 한 번 못하셨고,
광주리엔 아직 팔지 못한 떡이 그득했다.
주위엔 서커스단이며 약장수라 불리는 사람들
그리고 구경꾼들로 북적거렸다.
그 사이로 구부정한 할머니가 이마에 땀을 흘리며
우리 자리 앞을 지나치신다.
문득 우릴 보시던 할머니는 털썩 주저앉고 말았다.

외할머니, 귀하고 귀하게 키우신 외동딸이 떡 장사가 웬 말이랴.
그동안 칠남매를 어렵게 키우면서 행여 끼니를 거를까 걱정하시어,
몰래몰래 쌀이며 부식거리들을 갖다 주시며,
언젠가는 자식들이 잘사는 날이 오기를 기다리신 외할머니셨다.
주변 사람들을 의식하지 않으신 채 땅바닥에 주저앉아
고무신을 벗어 땅을 치시며 우셨다.
"아이고. 우리 귀한 딸이 떡 장사가 웬말이여…."
엄마는 땀을 비 오듯 쏟으시며 계속 울고 계시는 외할머니를 그대로
둘 수 없었다.
외할머니를 달래며 떡 장사 안 하겠다고 하셨다.
엄마도 울고 계셨다.
나도 그냥 콧잔등이 시려왔다.

둘. 소빈 이야기

엄마는 몇 개 팔지도 못한 떡 광주리를 머리에 이고 집으로
돌아가자고 하셨다.
엄마 손을 잡아야겠는데 어색했다.
그래도 엄마 손을 잡았다.
머리위엔 다 팔지 못 한 떡보다 무거운 삶의 무게가 얹혀 있었을
것이다.
가도 가도 끝없을 것 같은 신작로 길을 따라
멀리로 하얀 찔레꽃들이 슬프게 피어 있었다.

엄마도 나도 한마디 말없이 먼 길을 걸어오고 있었다.
찔레꽃이 배경이 된 채 엄마의 모습은 참으로 초연하셨다.
눈물 없이 그렇게 슬플 수 있는지를 알았다.
그 길로 외할머니는 마음의 큰 병을 얻으셨고 세상을 등지셨다.
엄마는 지금까지 외할머니께 빚진 마음으로 회상을 하시곤 하신다.
가끔씩 달떡을 팔고 계신 할머니를 뵐 수 있다.
추억을 사는 마음으로 달떡을 산다.
그때의 그런 맛은 아니지만 추억을 삼켜본다.

정화수 –미러에 비친 엄마

어느 날 부터인가 아침에 차를 몰고 나가기 전
오늘이 내 생의 마지막 날일 수도 있다는 생각을 하곤 한다.
비단 자동차에 국한되는 얘긴 아니겠지만
나 혼자 잘한다고 되는 일이 아니기에 그런 생각을 갖는 것 같다.
십수 년을 운전하고 있지만 엄마는 항상
"조심해라." 하시며 인사를 하시고 자동차가
눈에서 벗어날 때까지 두 손을 모으고 바라보신다.

미러에 들어온 엄마의 작은 체구, 주름 가득한 얼굴,
곱지 않은 그 두 손으로 참 간절하다.
그 모습이 마치 언젠가 보았던 정화수 떠놓고 비시던 모습과 같아 보였다.
때론 엄마의 그런 모습이 안쓰럽기도 하고 부담스럽기도 하여
그냥 집에 계시라고 하기도 한다.
그러나 엄마는 나와서 마음의 기도를 꼭 해주셔야
편하신 것 같아 그대로 받아들인다.
나도 편해지는 것 같다. 그리고 더욱 조심하고 하루를 귀하게 맞이한다.
엄마의 그런 에너지가 우리들을 살게 하는 원동력은 아닐까.

인연

어느 날 낯선 전화가 왔다.
그런데 이야기를 나누다보니 놀랍게도 목소리의 주인공은
내가 오랫동안 탐독했던 시인이었다.
며칠 전 TV 다큐프로그램에 나의 작품이 소개되었는데,
그 작품들을 보고 눈물을 흘리셨다며 어머니에 대한 정을 드러내셨다.
그 모습에서 일찍 어머니를 여의셨다는 것을 읽을 수 있었다.

그 인연으로 그분과 가끔씩 안부 인사를 여쭙곤 하였다.
언젠가 만나자는 기약 없는 약속을 한 채 1년이 훌쩍 지나버렸다.
그러다 나의 개인전을 준비하게 되었고,
난 도록의 맨 앞장에
그분의 짤막한 시를 인용해 서문을 대신하고자 했다.
작품의 주제와 맞는 시가 있어서였다.

당시 그분은 몸이 불편하여 병원 신세를 지고 계셨는데,
글을 쓴지가 오래되어 서문을 써주고 싶지만
어려울 것 같다는 말씀을 하셨다.

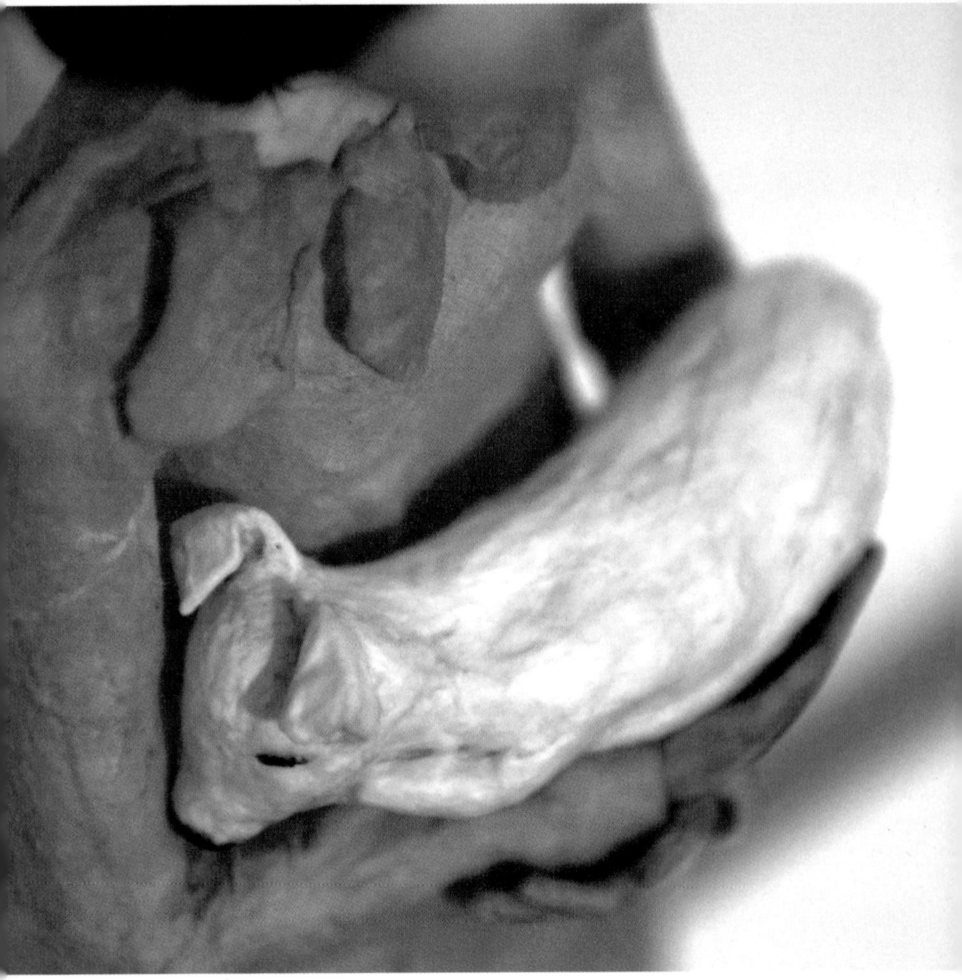

둘. 소빈 이야기

한사코 당신의 시를 인용하게 해주신 것만도 고맙다는 인사를 드렸지만,
혹 하루만에라도 글이 써진다면 보내주시겠다고 하셨다.
그분은 나를 보신 적도 없거니와 TV를 통해 몇 작품을 보신 것이 전부였다.
더군다나 그 때 전시할 작품은 공개한 적도 없었다.
그런데 다음날 글을 보내주셨다.
작품도 보지 않으신 채 느낌만으로 써주신 글이
어쩌면 그렇게도 작품과 일치할까, 놀라웠다.

그리고 또 1년이 지난 정월 대보름날
그분이 살고 계신 고장에서 대보름맞이 큰 행사가 있었는데,
그 행사에 노래할 손님으로 나를 청하셨다.
내가 노래를 하며 지내온 것을 모르셨는데도
느낌으로 내가 그 행사에서 노래를 하면 어울릴 것이라고 생각하셨단다.
물론 잘 하는 노래는 아니었지만
그 청을 거역할 수 없어 기꺼이 응했고
후한 대접과 사랑을 듬뿍 받고 돌아왔다.
인연이라는 것은 참으로 소중하다.
언제 어떻게 만날지 모르는 일이고
그 인연을 예쁘게 이어간다는 것도 쉬운 일은 아닌 듯하다.
그래서 더욱 값진 것일 터이고….

둘. 소빈 이야기

엄마와 털신

엄마는 기차 안에서라도 달려오고 싶으셨다.
여섯 살 난 막내아들이 곧 죽을지도
아니 이미 죽었을지도 모른다는 말을
서울에서 내려오는 기차 안에서 셋째형에게 들으셨다.
난 눈이 아프고 경기가 있었으며,
온 몸의 진이 다 빠진 탈진 상태였다.
그런데도 엄마만 보면 눈이 안 아프겠다고,
엄마 한 번만 보면 살겠다고 했다.
할머니가 엄마를 대신에 젖을 만지라고 내밀었지만
엄마의 따듯하고 포근함이 아니었다.
난 시들어갔다.

이불을 뒤집어쓰고 점점 죽음으로 달리고 있었다.
밖에서 "아이고, 우리 새끼." 하면서 통곡과 바쁜 걸음걸이가 느껴진다.
그 와중에도 싸늘한 정신으로도 엄마를 느낀다.
시들대로 시든 몸으로 초가집 허름한 마루에 나간다.
엄마는 나를 끌어안고 한없이 우셨다.
시든 내 두 손에 고무신이 아니라 밤색 털신을 올려주셨다.

"우리 새끼. 이것도 못 신어보고 갔으면 어쩔 뻔했냐?"

울고 또 우셨다.

나도 울었고 할머니, 형들, 누나도 다 울었다.

서울 사시는 고모님을 뵈러 가셨던 엄마께

고모님은 칠남매 중 막내인 나에게 털신을 사주셨던 것이다.

내 몸이 아프기 시작해 건강이 악화되자

형은 어머니를 모시러 서울에 갔던 것이다.

그날 밤 평온하게 잠을 잘 수 있었다.

그리곤 엄마가 정말 약이 되었다.

눈이 아프지 않았고 몸에 기운이 돌았다.

엄마의 간절한 마음, 사랑은 무엇도 움직일 수 있는 것 같다.

엄마들이여 참으로 위대하십니다.

첫 경험 –호떡

서울 하면 높은 빌딩과 수많은 자동차,
수많은 사람이 있다는 것만 알고 있던 때였다.
서울에 살면 누구나 그것들을 누리며
서울 사람이 될 것이라고 생각하던 때였다.
그러나 내가 가본 서울의 첫 동네는 달동네, 판자촌.
그런 곳이었다.
고모님이 살고 계신 서울.
그곳을 구경시켜준다고 나와 형은 서울 나들이를 갔다.

70년대였으니 오죽했으랴.
그래도 서울이었다.
초등학교 4학년인 나와 중학교에 막 입학한 형의 첫 서울 나들이.
난 어렸을 때 엄마 따라 두어 번 다녀왔지만 형은 처음이었다.
고모님은 나와 형을 데리고 시장엘 나가셨다.
돌아오는 길에 동네 어귀 포장마차에 들어가신다.
무언가 맛있는 냄새가 난다.

기름 냄새와 설탕이 불에 녹아 나는 맛난 냄새.

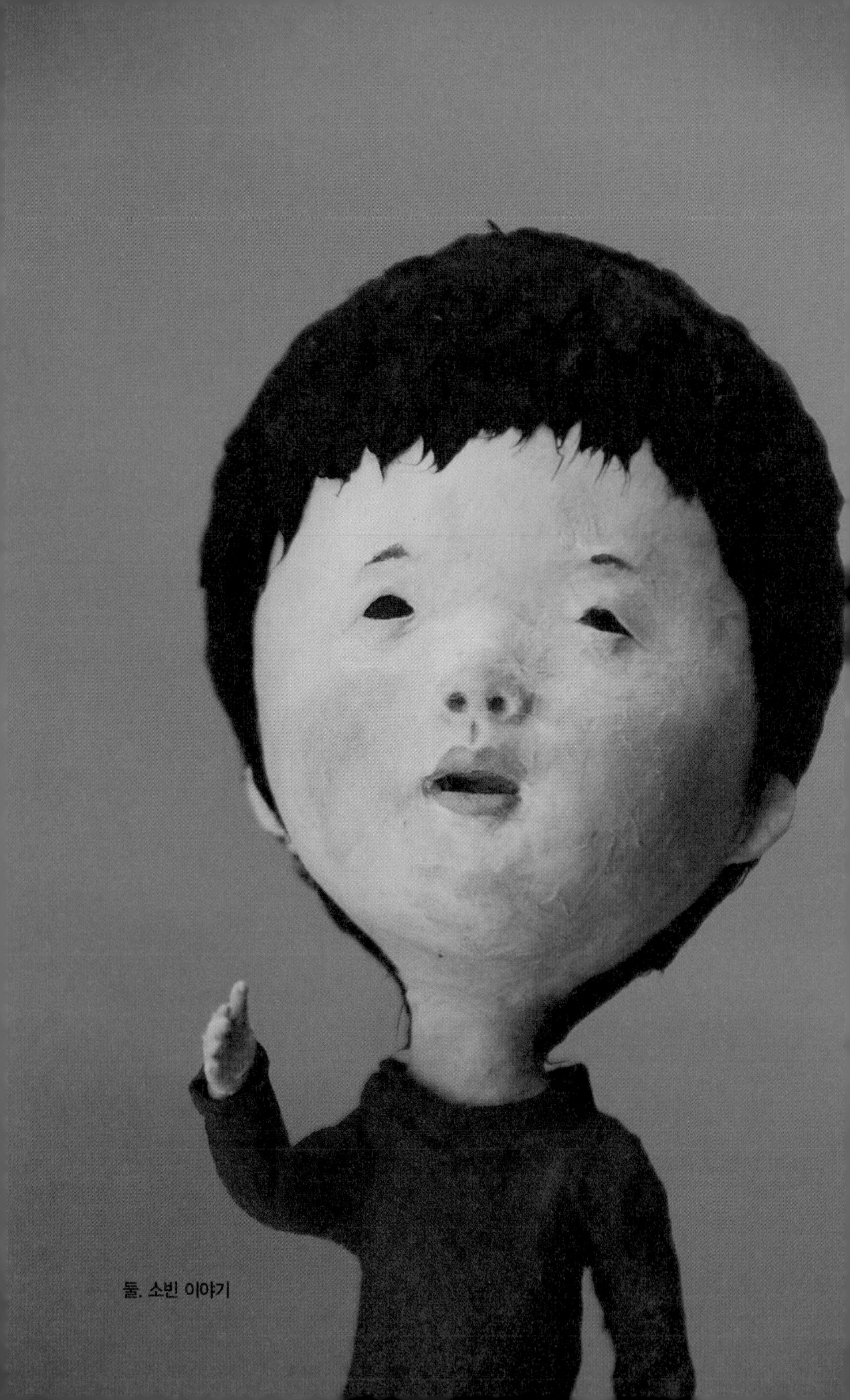

둘. 소빈 이야기

고모님은 한 개에 20원씩인데 130원밖에 없으니 7개를 달라고 한다.

주인은 흔쾌히 그러자고 한다.

호떡이란다. 호떡….

고모님은 우리에게 호떡을 하나씩 주셨다.

뜨겁고 달고 고소하고, 밖엔 찬바람이 어김없이 불고….

'호호' 불며 처음 먹어보는 호떡은

'세상에 이런 맛도 있구나!'라는 생각이 들 정도로 맛있었다.

지금은 더 맛있고 더 영양가 높은 음식들이 넘쳐난다.

그래도 먹으면서 그렇게 감사하고 그렇게 즐거운 맛을 내기란 쉽지 않다.

부족할 때 맛이 있는 것일까.

가끔 그때의 추억으로 호떡을 사먹어 보기도 하지만

첫 경험의 그 맛은 느낄 수 없다.

그 부족함이 그리워진다.

시인 형의 평생보험

나에겐 잘 들어놓은 보험 같은 형이 있다.
언젠가 시골에서 카페를 운영했던 적이 있다.
오픈 기념으로 에어컨이며 냉장고를 사주겠노라고 서울서 달려왔다.
흔히 하기 어려운 일이다.
물론 나와의 절친한 관계 때문이라고는 하지만
그렇게까지 마음 써 주기는 쉽지 않다.
뒤늦게 학교에 다니는 나의 쪼들린 생활을 감지하곤
책이나 몇 권 사보라며 백만 원 권 수표를 한 장 넣어주던 형이다.

우리는 그 형을 시인이라 부른다.
얼굴에 털이 많아 원시인이라 부르고 싶었지만
차마 그럴 수 없어
"형은 시인이야, 원시인."이라고 했던 것이 지금껏 별명이 되었다.
시인 형이 대학 입시를 치르기 전날 난 어려운 발걸음으로
-어릴 때와 달리 중고등학교 시절엔 왕래가 없었으므로
-준비한 사인펜과 찹쌀떡을 가져갔다.
당시엔 통례였다.

그러나 형에게 유일한 입시 위문단이었던 것이다.
난 그것도 모른 체 시간이 흘렀고 수년 뒤
형은 친구들과 술자리를 한 뒤 술값이 부족하다며
나에게 돈을 약간 빌려갔었다.

까마득히 잊고 있던 내게
형은 돈이 생겼다며 빌린 돈을 주었다.
차마 그 돈을 받을 수가 없었다.
대신해서 형에게 시집을 한 권 받았다.
그 일이 나에게 보험 같은 일이 될 줄은 몰랐다.
형은 그 일을 평생 잊지 않기로 다짐을 했단다.
그리고 내게 무슨 일이 생기면 달려와 챙겨주었다.
작업을 하고 있는 지금도 한두 달에 한 번씩 내려와
함께 식사를 하고 마음속의 얘기들을 한다.
그리고 종이 값이라도 하라며 마치 조카나 동생 챙기듯
주머니에 수줍게 돈을 챙겨 넣어준다.

그런 용돈을 받기도 쑥스러운 나이가 되었지만
시인형의 풍요로운 마음은 주변까지 넉넉하게 해준다.
등록금이 모자란 나에게 등록금까지 선뜻 보태주던 형이다.
마음의 빚이 많이 있지만 풍요로운 마음으로
더 부족한 사람들에게 나누어야겠다는 생각을 한다.
그래야 소풍이지….

나는 주변에 참 많은 보물을 갖고 있다.

둘. 소빈 이야기

따듯한 겨울 -칭찬 이야기

14년 전 어느 겨울 밤 부산에 가야 할 일이 생겼다.

아주 조그만 경승용차를

선배 누나로부터 받아서 타고 다니던 때였는데

작아도 운신의 폭이 넓어진 것에 감사하며 행복해했다.

88고속도로를 경유하여 또 다른 고속도로에 올라

아무 생각 없이 부산에서의 일정을 생각하며 달려가고 있었다.

진주 이정표가 10킬로 정도 남았다는 표시를 보고 계속 달리는데

차가 많이 흔들린다는 느낌이 든다.

그러고 보니 아까부터 불빛이 떨렸는데….

그래도 아무 일 없겠지 하며 계속 달려가는데

이젠 불빛이 위아래로 떨릴 만큼 흔들거린다.

차도 덜컹거려서 달릴 수 없을 때 갓길에 세우고 보니

뒷바퀴 타이어가 다 닳아서 찢겨져 있었다.

조각난 타이어 조각들은 겨울 새벽만큼 차갑게 느껴졌다.

주변엔 나를 도울 사람이 없었고

당시엔 지금처럼 보험회사에서 처리해주는 시스템도 없었다.

설상가상 차를 들어 올리는 기구조차
며칠 전 어떤 손님이 잠깐 쓴다며 가져가서는
서울로 가져가 버린 터였다.
할 수 없이 그 상태의 차를 시속이랄 것도 없는 속도로
진주 톨게이트로 들어갔다.
이미 자정을 넘은 도시는 고요했다.
그 시각에 가야했기에 어쩔 수 없이 몇 군데 주유소로 들어갔다.
그나마 주유소밖에 도움을 청할 곳이 없었다.
이미 바로 직전 휴게소에서 주유조차 가득히 해버린 터여서
더 난감했고 모두 거절을 당했다.
안되면 모텔에서 머물고 다음날 처리해야 할 상황이었다.
마지막으로 한군데만 더 들어가 본다.
풋풋한 청년 둘이 잽싸게 인사를 하며 뛰어나온다.
"저 미안하지만 주유할 게 아니라
타이어가 펑크 나서 도움을 청하려고 하는데요."
"네, 잠시만 기다려주시죠."
그 말만 들어도 안심이 된다.
잠시 후 주유를 마친 두 청년은
나에게로 와서 들어 올릴 도구 있느냐 묻는다.
없다고 하면서 난 차를 손으로 들어 올릴 수 있을 것이라 말한다.

그들은 웃어버리면서도 예의를 갖춘다.
그리고 다른 오토바이를 탄 청년들이 들어오기에
그들에게 부탁해 자동차의 뒤를 들어 올리고
커다란 통나무로 물린 후 타이어를 교체에 성공한다.

사실 대부분이 그러하듯 처음으로 자동차를 타던 터여서
혼자 타이어를 교환할 엄두도 못 냈다.
나이도 어려보이는 청년들이
열심히 정성스럽게 타이어를 교환해주었고
몇 번이고 안전 점검을 해주었다.
그들도 처음 해본다고 하면서 불안해했다.
그러나 어떤 정비사보다 믿음이 갔다.
난 그들에게 고마움의 표시를 위해 밤새 일하면서
간식할 소정의 돈을 봉투에 넣어 전했다.
진심으로 고마웠고 형제애가 느껴졌다.
그들은 한사코 거절을 한다.
아주 강하게 거부한다.
"우리가 이 돈을 받으면 우리가 한 좋은 일이 없어질 것입니다."
경상도 사투리로 강하게 하는 그 말에 부끄러워진다.
우린 인사를 하며 그들의 가벼운 신상을 알게 되었다.

둘. 소빈 이야기

부산에서의 일정을 잘 마치고 집에 돌아와

그들에게 겨울에 두를 머플러를 선물로 보냈다.

고맙다는 편지와 함께.

그리고 또 진주 시장님과 그들이 다니는 대학교 총장님 앞으로

그날의 일을 적어 편지를 보냈다.

그들이 진주의 얼굴로 느껴진다는 내용으로….

일주일 후 전화가 왔다.

"형님요 부끄러워 죽겠어요. 진주 시청에서 표창 받으러 오라카고."

"학교 총장님이 표창하시고, 학교 신문에 나고…."

그들은 보상 받기 위해 한 일이 아니었기 때문에

더 값어치 있는 일이었다.

이런 얘기들이 전해져 세상이 더 따듯해졌으면 좋겠다.

그리고 그들과는 지금까지 연락하는 친구가 되었다.

그 일이 있은 얼마 후 진주를 다시 갔었다. 그들을 만나기 위해….

그 두 친구 말고도 네 명이 함께 주유소에서 아르바이트를 하는데

그 일이 있고 나서는 전라도 차, 빨간색 차, 작은 경승용차가 오면

서로 주유를 하려 한다고 했다.

"우리도 표창 받게 저 앞에 못을 세워놓을까?"

하는 우스갯소리를 했다며 농담으로 즐거운 시간을 보냈다.

따듯한 마음을 나누며 우리는 소풍을 했다.

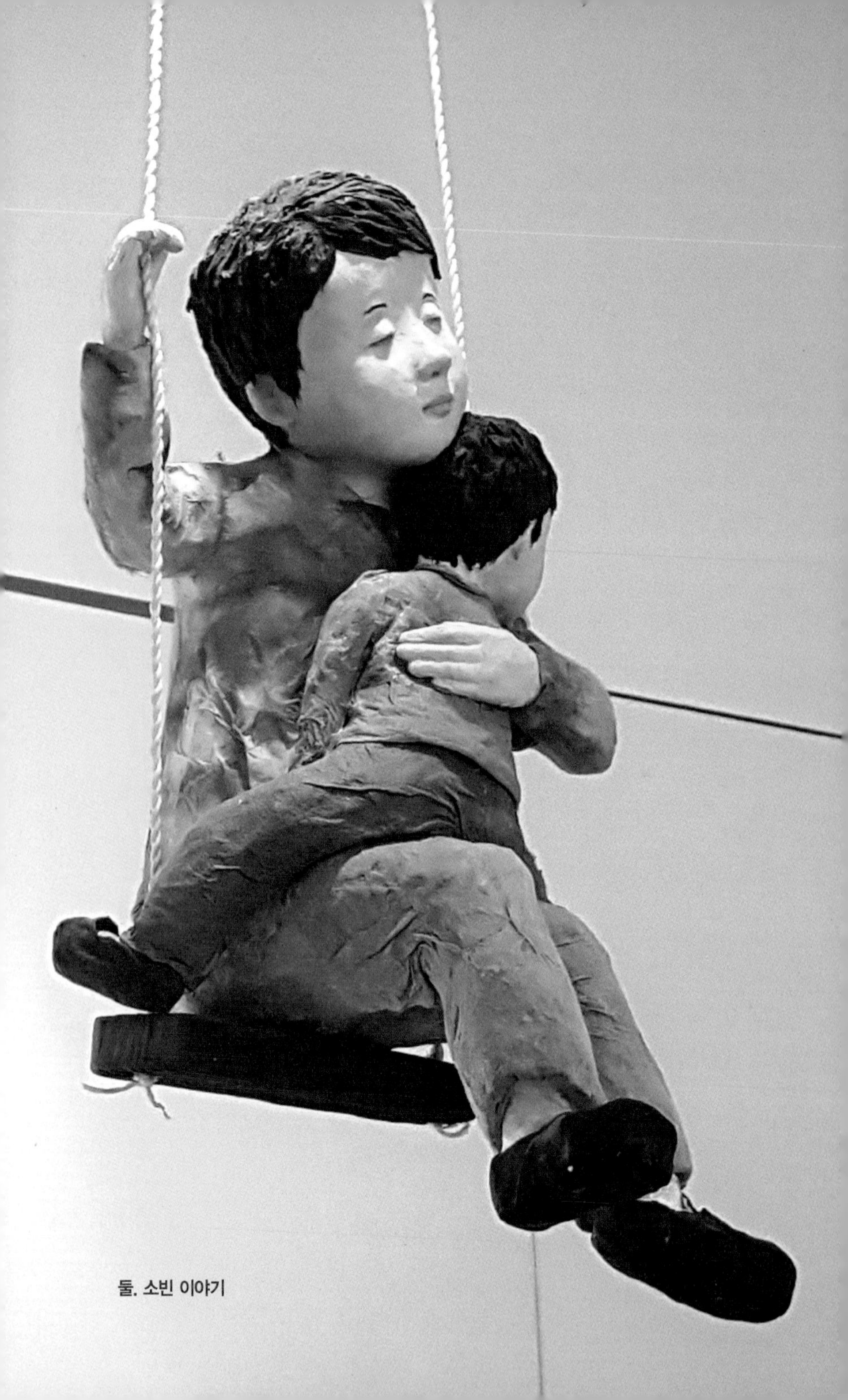

둘. 소빈 이야기

꽃상여 타고

6월의 초여름 햇볕은 따가웠다.
아버지는 이 세상에서 소풍을
그리 풍족하게 보내지 못하신 채
조용히 눈을 감으셨고
따가워진 햇살 따라 하늘로 가셨다.
노동과 가난으로 얼룩진 아버지의 어깨.
그리고 그 얼룩을 지우기 위해 한 잔 두 잔 늘어가시던 막걸리 사발.
까칠한 수염…. 아버지에 대한 기억의 전부이다.
눈 감으시기 전 내 손을 잡으셨다.
아무 말씀 없으셨지만
열 살짜리 막내가 가여우셨으리라.

상여가 나간다.
열서너 명의 상여꾼들이 상여를 매고
맨 앞에선 상여 매김이 울려 퍼진다.
참으로 구슬픈 상여 매김 소리.
그 소릴 받아 상여꾼들은 후렴을 창한다.
주고받고 하며 상여는 곳을 이룬다.

꽃을 달고 세상에서의 마지막 소풍을 간다.

참으로 먼 길을 상여 행렬을 한다.

10킬로도 족히 넘는 길을 가다가

다리가 나오면 절을 하고 제를 지낸다.

다리가 나올 때마다 했다.

어느 다리에서 또 거리제를 지내고 내가 지쳐 보였는지

상여꾼이 나를 아버지의 상여에 태운다.

무섭기도 했지만 아버지랑 함께 했기 때문일까?

난 그 상여를 타고 아버지의 무덤이 있을 곳까지 갔다.

다리가 아프지 않았고, 마음이 평온했다.

그렇게 아버지와 마지막 소풍을 함께 했다.

둘. 소빈 이야기

김밥 이야기

조카들은 가정 형편상 서울로 떠나게 되었다.
가슴이 아팠다.
이별이 싫었다.
그냥 조카일 뿐인데 전생이 있다면
무슨 인연이 있었을 것이다.
그저 마음 찡하고 그 애들에게 신경이 집중되었다.
엄마 없는 하늘 아래 있을 그 아이들 때문에
엄마와 나는 서울로 향했다.
얼마 동안이라도 보살펴주려는 뜻이었다.
미아리 달동네였다.
조카 녀석들은 엄마와 내가 가자 환해진다.
시골에 살다 서울 물을 먹어서인지 뽀얗고 예뻐졌다.

밝게 자라는 녀석들을 보니 기쁘다.
'언젠가 내가 세상을 사는 이유가 바로 너희들이다.'
나에겐 소중한 녀석들이었다.
며칠 후 녀석들이 소풍을 간단다.
엄마는 내가 학교 다닐 때에도 김밥을 싸주지 못하셨다.
지금에야 별 것 아닌 김밥이 그땐 참 귀했다.

웬만한 아이들은 쉽게 싸왔지만
약간은 부의 상징 같은 것이었다.
세 녀석의 김밥을 쌀 준비가 되어있지 않았고
역시나 엄마는 김밥 쌀 엄두를 내지 못 하셨다.
수중에 돈도 없으셨으니….
그리고 나도 마찬가지였다.

김밥을 싸주고픈 마음이 그득했다.
다행히 냉장고에 김이 있었다.
그러면 되었다.
달동네 어귀에 그냥 나온 상추들이 있었다.
파란 상추를 따다가 살짝 데쳤다.
수중엔 단무지 한 줄과 계란 서너 개 살 돈이 전부였다.
그렇게 준비를 하니 근사해 보인다.
조카들은 그 좁은 부엌에서
김밥 싸는 모습을 초롱초롱하게 바라보고 있다.
더 맛있게 싸줘야 할 욕심이 생긴다.
이미 그건 소풍이었고 파티였다.
김밥 속 내용은 보잘 것 없었지만 맛은 환상적이었다.
조카들은 이미 부풀대로 부푼 가슴을 안고
마음은 소풍가 있었을 것이다.

둘. 소빈 이야기

환기 스님

온천이 나오는 한적한 시골마을에서 전원카페를 운영했던 때이다.
적당한 손님과 한적한 시골 풍경은 마음을 안정시켜주었다.
저녁 무렵 세 명의 여자 분과 한 분의 스님이 들어오신다.
스님을 남겨두고 여자 손님들은 자리에서 일어났다.
그 스님은 강원에 계시다가 배탈로 인해 기력이 떨어져 여기서
하룻밤 묵으셔야겠다고 하신다.
스님이 내려오시는 길에 쓰러지신 것을 여자 분들이 발견하시고
카페로 모시고 오신 것이다.

난 스님께 흰죽을 쑤어 오징어 촉수를 태운 가루와 함께 들고 갔다.
그냥 주워들은 말이었지만 약을 구할 수도 없었고,
특별히 해가 될 약 종류는 아니었기에
스님의 몸을 추스르게 하고자 하는 마음으로 스님께 권했다.
스님은 죽을 다 잡수셨고 오징어 다리를 빻은 가루도 털어 넣으셨다.
그리고 굳어 있는 스님 몸을 가볍게 안마해드렸다.
아침에 일어나 스님의 설사가 멎으셨는지 몸은 어떠신지 몹시
궁금했다.
혹시 밤새 더 나빠지지 않으셨는지….

스님의 기척을 확인하고 안부를 여쭈었다.
아주 말끔해지셨다고 한다.
너무 기뻐 다시 한 번 죽을 끓이고 오징어 다리를 태웠다.
스님은 고맙게 다 드시며 정말 환한 모습으로 돌아가셨다.
나 역시 기쁘고 홀가분한 마음으로 일상을 보내는데
한 달이 지난 어느 날 스님 한분이 '씨익' 웃으시며 카페로 들어선다.
첫눈에 그 스님이셨음을 알아차렸다.
우린 반갑게 인사를 나눴고 스님은 그 때의 고마움을 잊지 못해
어머니께 드릴 꿀 한통과 책 한권을 가져오셨다.
건강하신 모습을 뵙는 것만으로 너무 기뻤고 고마웠다.

그렇게 잊히는 듯 했다.
스님은 경상도 어느 조그만 토굴에서 생활을 하신다고 했고
나는 학생이 되어 뒤늦은 공부를 하느라 정신이 없었다.
어느 날 전화가 왔고 이래저래 해서
학교에 다니게 되었노라 말씀드렸다.
스님은 내가 집에 도착할 때까지 몇 시간을 기다리셨다.
그리곤 반가운 해후를 했고 나에게 계좌번호를 달라셨다.
"왜요?"
"그때 처사가 내게 해준 것은 진정한 마음으로 보살펴준 것인데

내가 잊을 수가 없어.

처사가 아니었으면 어떻게 되었을지도 몰라.

나는 주지도 아니고 절이 있는 것도 아니어서 큰돈을 주진 못해.

늦게 공부한다니 내가 조금이라도 보태고 싶어 그래.

한 달에 10만 원씩 보낼 데니 천만 원으로 알고 쓰시게."

난 아무 말도 할 수 없었다.

어려움 속에 공부하는 것 때문은 아니었다.

스님의 마음을 거부할 수 없는 무언가가 있었다.

"네. 스님. 귀하게 쓰겠습니다."

그리고 스님은 1년 동안 한 번도 거르지 않고 내게 송금을 하셨다.

어느 달엔가는 한번 거르셨다.

'스님이 힘드셨구나.' 하면서 마음이 아팠다.

그런데 다음달에 20만원을 보내셨다.

한 순간에 써버릴 수 있는 돈이었지만

내겐 평생 마음에 저축되어 있는 마음의 돈이다.

그래서 난 이 소풍이 행복할 수 있나 보다.

태몽의 죄

딸을 둘 두고 있던 셋째 형수가 또 아이를 가지셨다.
신기하게도 태몽을 내가 꾸었고 추석을 지내러 오신
셋째 형수는 임신한 줄도 모른 채
조심하라는 나의 농담에 그런 일 없다고
감기약까지 먹으며 웃고 말았다.
그런데 추석을 지내고 서울 가신 형수님이
전화로 태몽에 대해 자세히 묻는다.
그냥 "아들 꿈이니 몸조심하시고 좋은 생각하세요."라고 했다.
서울 가는 차 안에서 입덧이 났단다.
그런데 문제는 형수님의 입덧은 물 한 모금 못 넘기기로 유명했다.
첫째도 둘째도 주변에서 수발을 들어야 했었다.
하지만 이번엔 형수님을 도와줄 마땅한 사람이 없다.

태몽을 꿔 준 죄로 내가 서울로 가야했다.
그리고 하루 세 번 형수님을 위해 식사를 준비해야 했다.
그것도 천연 조미료로 만든 매끼 다른 음식을⋯.
특별한 메뉴를 준비하진 않았어도
수제비, 비빔밥, 무국, 돈까스 등 다양한 음식을 준비했다.

신기하게도 형수님은 별 탈 없이 내가 준비한 음식을 전부 드셨다.

시어머니가 해주시던 음식도 못 넘기셨음을

익히 알고 있었기에 너무도 신기했고, 형수님도 마찬가지였다.

형 출근 준비와 조카들 돌보기 빨래 음식 준비 등으로 하루가 빡빡했고,

한 달여를 보내며 문득 신세한탄을 하고 있는 자신을 보게 되었다.

20대 후반의 총각이 이게 무엇인가 싶었다.

당시 기가 막힌 일이 있거나 슬프고 기쁜 일이 있으면

편지로 고하는 TV 프로그램이 있었다.

거침없이 편지를 썼고 편지가 채택되어

토크쇼에 출연해 그동안의 일상을 토로했다.

형수님께는 친정어머니께서 오실 수 있었고 난 행복하게 낙향했다.

그리고 몇 달 후 남자 조카를 출산했다는 반가운 소식을 들었다.

그 아이는 벌써 중학생이 되었고

나보다 훨씬 큰 키로 나를 잘 따른다.

"경빈이 엄마 뱃속에서 어떤 음식이 가장 맛있었어?"

"으음… 수제비."

우린 웃는다.

둘. 소빈 이야기

빨간 스웨터

친구의 어머니 이야기이다.

옛날엔 머리를 기르는 일이 미덕이었던가 보다.

여고를 졸업하시고도 한참을 소중하게 기르시던 머리카락.

양갈래로 땋은 머리는 자랑 아닌 자랑이었다.

어머니께서 시집을 가게 되셨고

어머닌 머리카락을 잘라 방물장수에게 팔았다.

그 돈으로 친정어머니께 빨간 스웨터를 사드렸단다.

둘. 소빈 이야기

그해 겨울은 따듯했네

활기로 가득 찬 5월 인사동에서 첫 개인전을 갖게 되었다.
거리에는 수많은 외국인들과 우리나라 사람들이 섞여
가게 앞 마다 장사진을 펼치고 있었다.
내 개인전에도 많은 분들이 다녀가셨고, 과분한 관심을 받으면서
내 작품도 하나 둘 다른 분들의 손으로 옮겨졌다.
그렇게 한참을 지나 철거를 하루 앞둔 날 아침
문을 열고 들어오는 손님이 외국인이었다.
무언가를 골똘히 생각하는 듯 내 작품들 앞에 설 때마다
한참을 바라보고 있었다. 그리고 그렇게 하나하나 유심히 바라보던
그의 걸음이 어느 인형 앞에 멈춰 섰다.
발걸음을 때지 않았던 그가 살며시 내가 다가와 얘기를 청한다.
"전 프랑스인입니다. 현재 홍콩에 거주하고 있는데,
지금 이 인형이 너무 좋아서 비행기 시간이 얼마 남지 않았는데
여길 떠나지 못 하고 있습니다."
그 인형은 바로 '피리 부는 소년'이었다.
그는 자신도 어린 시절 풀피리를 불고 놀았다고 한다.
피리를 불며 무언가 깊은 상념에 잠긴 소년의 모습은
마치 자신을 보는 것과 같았다고 했다.

둘. 소빈 이야기

"이 작품의 가격은 얼마입니까?"
"오백만 원입니다."
아무리 우리나라 물가가 프랑스의 물가보다 쌀지라도
그가 바라보는 인형 하나가 오백만 원이라는 것은 적잖은 부담이 되었는지,
그는 잠시 망설이고 있었다. 그리고 이내 자신의 아내와 상의를 해봐야겠다며,
도록을 한 권 갖고 서둘러 공항으로 떠났다.

그렇게 전시회는 끝나고 나는 한가로운 시간을 가지며,
그가 내 인형을 다시 찾으리라는 생각을 잊고 지내고 있었다.
그런데 그해 크리스마스에 그로부터 메일이 왔다.
나는 반가운 마음에 그에게 답신을 보냈다.
그리고 그는 아직도 자신이 사고 싶던 인형을
아직 내가 그를 위해 보관하고 있는지 물었다.
나는 물론 그렇다는 말과 함께 혹여 그가 가격이 부담되어,
흥정을 하자고 한다면 그걸 받아들여야겠다는 생각을 하고 있었다.
그런데 한 번도 만나본 적이 없는 그의 아내로부터 메일이 왔다.
그의 남편에게 그 인형을 선물하고 싶은데,
인형의 가격을 조금 낮춰줄 수 있겠냐는 내용이었다.
두 달 후에 남편의 생일인데 깜짝 선물을 하고 싶다고 했다.
전시회에서 돌아간 후 남편은 5~6개월 동안 그 인형들에 대해서 계속 얘기했고,

자신도 그 인형들이 맘에 든다는 것이다.

나는 내 작품을 사랑해 주는 그들 부부, 그리고 그들이 따듯한 마음에 반해 흔쾌히 그들이 감당할 수 있는 가격에 인형을 보내주었다.
그리고 두 달 후 그 남편으로부터 메일이 왔다.
세상에 태어나서 가장 기쁜 깜짝 선물을 받았다는 것이었다.
그 부인은 두 달 동안 어떤 인형인지 실물을 궁금해하면서도
남편과 함께 기쁨을 만끽하고자 포장을 열지도 않은 채 생일을 맞았다.
그리고 함께 선물 상자를 열고 기쁨에 어쩔 줄 몰랐다고 했다.
난 당신들의 예쁜 사랑 얘기에 나의 인형이 함께 해서
더 없이 기쁘다는 내용의 메일을 전했다.

참으로 따듯한 모습이었고, 나의 겨울은 한동안 따듯하기만 했다.

다행스러운 아픔

고등학교 시절 몸이 많이 아팠다.
병원에서 지내는 날이 대다수였고,
결국 휴학을 해야 할 만큼 학교생활에 지장을 주었다.
고등학교를 마치고도 대학교 진학이나 직장을 갖는 친구들과 달리
병원에서 1년이면 5~6개월씩을 보냈다.
대학병원의 6층, 우울과 어두움으로 점점 빠져들었다.
왜 나만 이러는지 싫었고
병실 복도 끝에 있는 창으로 보이는 서쪽 하늘을 보는 날이 많아졌다.
어느 날, 노을이 번지는 서쪽 하늘에서
"네가 이곳에 있어야 할 이유가 있다."
"어느 곳에서든 빛을 발하라." 하는 소리가 들려왔다.

병실에 돌아와 보니 다른 환자분들과 보호자들의 눈이 나를 찾고 있다.
어느 순간 나는 그분들에게 필요한 존재가 되어있었다.
환자인 나였지만 다른 환자를 위로하고
그 보호자들의 피로를 풀어주는 일을 하고 있었던 것이다.
똑같은 생활이었지만 마음은 비할 수 없을 만큼 가벼워졌다.
환우들에게 된장찌개를 끓여 함께 식사를 하고

그들에게 기타를 치며 노래를 불러주고,
재미있는 이야기들로 즐거운 시간을 만들어갔다.
방문객들이 오시면 "여기가 병원이야 콘도야?" 하기도 했다.

똑같은 시간이었지만
나는 기꺼이 내게 주어진 아픔의 시간을 기쁨으로 살았다.
그렇게 오랜 시간이 흘러 완쾌되었고,
이십대의 터널을 벗고 삼십 대로 접어든 어느 날
'내가 그때 건강하게 살았더라면 얼마나 오만방자한 삶을 살았을까?'
'그 아픈 시간이 있어 지금 내가 이렇게 소중한 삶을 살 수 있지 않을까?'
이런 묵상이 떠올랐다.
내가 선택한 것은 아니었지만 주어진 상황 속에서
분명 우리는 어떤 선택을 해야 한다.
그리고 그 책임 또한 오롯이 자신의 몫인 것이다.

청량리역의 미화

서울 청량리역에서 심야열차를 타고 충청도를 가게 되었다.
고향과는 다르게 야심한 시각에도 사람들은 꽉 차 있었다.
그리고 길고 긴 줄을 서서 표를 사고 있었다.
마이크를 타고 넘어오는 역무원들의 표 파는 소리는
의무적이었고, 사무적이었다.
딱딱하고 피곤에 지친 여행자들의 마음을 더 딱딱하게 해주었다.
적어도 나에겐 그랬다.
그런데 유독 내가 선 줄의 역무원께선 웃으며 표를 전해주고
손님들과 심심찮게 여담도 나누는 모습이었다.
내 차례가 되었고, 역시 나에게도 밝은 모습으로
"제천을 가시는 군요. 편안하고 좋은 여행되시기 바랍니다."
하시며 따뜻하게 표를 건네주셨다.
딱 한마디 했을 뿐인데 나도 좋았고
그런 당신도 기분 좋아졌을 것이다.

그분은 늘 청량리역으로 소풍을 나오는 것이다.
그분의 가슴에 꽂힌 명찰을 기억했고,
덕분에 기분 좋은 여행이 되었음은 말 할 것도 없다.

집에 돌아와 철도청장님께 편지를 썼다.

당시엔 "칭찬합시다."란 표어도 없었고, 인터넷 시대도 아니었다.

아주 작은 것이지만 그런 한마디 말로 여행객들을 편하게 해주고

기분 좋게 해주는 그 역무원을 칭찬하는 내용이었다.

며칠 뒤 철도청장님으로부터 고맙다는 공문이 왔고

그 역무원님으로부터도 연락이 왔다.

자신의 작은 행동에 관심을 갖고 칭찬을 해줘

표창을 받고 승진까지 하게 되었다며 고맙다는 내용이었다.

칭찬은 고래도 춤추게 한다는 말이 있다.

칭찬으로 따듯한 세상이 되는 날까지 계속 할 것이다.

그 칭찬에 대한 친절이 진심이길 바라면서….

둘. 소빈 이야기

칭찬의 빚

친구들과 여수를 다녀오다가
순천 시내를 잘못 들어오는 바람에 길을 잃었다.
당시엔 내비게이션도 없고
오직 사람들에게 길을 물어봐야 할 상황이었지만
도로 사정상 쉬운 일은 아니었다.
몇 번이나 헤매고 같은 길을 반복하게 되면서
약간의 공황 상태가 되었다.
그때 앞에서 중년부부가 탄 승용차가 멈춰 섰다.
급한 마음에 유리문을 내리고 남원 방향으로 가려면
어떻게 해야 하는지 여쭈었는데
그분은 차에서 내려와 나에게
아주 상세히 길을 일러주신 뒤 자신이 앞에 갈 테니
뒤에 따라오다가 깜빡이 신호를 하면 좌회전 하라는 것이었다.
송구스럽기도 했고 몸에 밴 그분의 친절이 너무 고마웠다.

칭찬을 위한 그 어떤 단서도 없이 그분은 앞질러 가셨고
난 그분의 차량 번호만을 외웠을 뿐이었다.
무사히 잘 빠져나와 집에 도착했고,

그분을 칭찬할 방법을 생각하다가
순천경찰서로 그분의 차량 번호와 함께
그분의 행동을 칭찬하는 편지를 보냈다.
얼마 뒤 그분이 학교 선생님이시라는 것을 알게 되었고
순천 시청으로부터 표창을 했다고 공문이 왔다.
참 아름다운 칭찬이었다고 생각한다. 진심으로 염려해주며
자상하게 길을 안내해주시던 선한 미소가 떠오른다.

사자클럽

초등학교… 당시는 국민학교라 했다.

2학년 시절… 선생님께선 6명씩 짝을 지어

함께 공부하는 일종의 스터디 그룹이었다.

나의 클럽 이름은 사자클럽이었다.

그리고 기춘이, 재영이, 철민이, 영수, 종환이가 나의 그룹이었다.

친구들의 집을 방문하여 함께 공부하거나

서로 도움을 주는 것이 그 취지였다.

처음 기춘이 집에서 공부를 하게 되었다.

아버지가 해외여행 다녀오시면서 사 오셨다는 선물들이 즐비했다.

집에 텔레비전도 없어 해외라는 말조차 생소하게 들리던 때였다.

우리와는 전혀 다르게 사는 모습이었다.

김치를 우물 속에 넣어두고 먹을 때마다

올려서 꺼내먹던 우리와는 다르게

냉장고, TV, 전화기 등 온간 가전제품들이 다 있었고

무엇보다 다른 것은 기춘이의 공부방이 따로 있다는 것이었다.

둘. 소빈 이야기

우리는 방 두 개에서 열 식구가 살던 때였다.

다음엔 재영이네도, 철민이네도, 종환이네도, 영수네도 다 갔지만

모두 자신들의 공부방이 있었고, 모두 나와 다르게 살고 있었다.

나만 다르게 살고 있는 것 같아

차마 친구들을 나의 집에 데리고 올 수는 없었다.

나처럼 초가집에 살고 있는 친구도 없었다.

공부할 책상 하나도 없는 우리 집에 데리고 올 수 없었다.

늘 내 차례가 되면 핑계를 대곤 했다.

그래도 공부는 내가 1등이었다.

그리고 그 친구들을 데려올 수는 없었지만

우리 집에 오면 포근했다.

엄마가 있었고, 형제들이 있었기 때문이었으리라.

지금은 일부러들 초가를 지어 살고 싶어 한다.

나 역시 옛날을 회상하며 낡은 집을 뜯어다가 황토를 발라

아주 옛날식 집을 지어 작업실로 사용하고 있다.

그 속에서 옛 추억을 묻혀 한지 놀이를 하고 있는 것이다.

둘. 소빈 이야기

순이는 내편

순이는 언제나 내 편이었다.

놀이를 할 때에도 내 편이 되려고 안간힘을 썼고

내가 아픈 일이 있으면 함께 아파해주었다.

슬플 땐 함께 걱정해주고 진심으로 아파해주었다.

겨울 저녁 아궁이에 불을 지피고 있으면

어느 새 우리 부엌으로 들어와 앉았다.

그리고 함께 활활 타오르는 불을 보며 이야기꽃을 피웠다.

학교에서 있었던 일이며 집에서 일어난 일들을

빠짐없이 이야기 했다.

그리고 꿈 이야기도 했다.

장래에 소설가가 되고 싶어 했던 순이.

나의 유년시절과 청소년 시절을 풍요롭게 해주었던 순이다.

우리 둘이 어떤 놀이나 게임을 기획하면 안 되는 것이 없었다.

우리는 동네 아이들의 선봉장이었고 함께

호흡을 맞추면 재미없는 것이 없었다.

어려운 숙제는 내가 도와주었고 함께 반찬을 만들며 맛을 보고

함께 웃던 우리는 형제 이상의 정을 느꼈을 것이다.

아이 엄마가 되어있는 순이는

지금도 추억 속에서 아련히 내 편으로 남아 있다.

꽃을 꽂던 소년

초등학교 시절부터였다.

누군가 손님이 오실라치면 산에 들에서

몇 송이 들꽃이라도 꺾어다 꽂아두어야 직성이 풀렸다.

명절이 되거나 집안 행사로

형들과 형수님들이 온다고 해도 그랬다.

특히 어린 나이에 형수를 맞이한 나는 형수가 자랑이었다.

당시엔 꽃집도 귀했을 뿐더러

꽃의 종류도 하얀, 노란 국화 장미 백합이 전부였지만

무엇보다 그 꽃을 살 돈이 없었다.

큰 내를 건너면 야산이 있었다.

거기엔 이름 모를 꽃들이 계절마다 바뀌어 피고 있었다.

지금에야 흔히 들어보는 마타리, 엉겅퀴, 구절초, 쑥부쟁이 등을 꺾어다

항아리며 컵에 꽂아둔다.

그리고 가족을, 손님을 맞이하면 마음이 편해진다.

그 버릇은 지금도 계속되어 마당에

들꽃들을 가득 채우고 화분들도 2~3백 개를 가꾼다.

어머니는 화초들을 귀찮아하여 못마땅하게 여기시지만
엄마는 없이 살아도 화초 없인 못살겠다고 하며 웃는다.
오늘도 밖에 나가는 길에 화초들에게
물을 주며 가을 햇살을 듬뿍 담아준다.

둘. 소빈 이야기

여름 냇가 -요람기

여름이면 동네 아이들 모두 냇가로 나간다.

철호, 동수, 광주, 인범이, 원석이, 용욱이,

진희, 상희, 윤희, 미란이, 영숙이, 봉구, 진구,

수옥이, 우현이, 애주, 애란이, 란희, 그리고 순이….

커다란 솥을 하나 준비하고 가벼운 음식 도구들을 챙긴다.

기본양념들은 엄마들이 다 챙겨주신다.

우리는 가방 하나씩을 메고 줄을 지어 소풍을 간다.

가다가 노래를 부르기도 하고 학교 놀이처럼

혹은 군대놀이처럼 구호를 외치기도 한다.

냇가 뚝을 그렇게 걸어가 풀밭이 있고,

모래밭이 있는 냇가에 자리를 잡는다.

형들이 동생들을 잘 보호하여 천막을 치고

어린 아이들은 물에서 위험하지 않도록 잘 놀아준다.

나는 몇몇 친구들과 음식을 준비한다.

냇가에서 잡은 물고기에 주변 밭에서 서리해온

호박이며 고추, 깻잎 등으로 매운탕을 끓인다.

그리고 살짝 탈 수밖에 없는 밥을 짓는다.

세상에 이렇게 맛있는 밥이 있을까?

모든 친구들은 숟가락 하나를 들고 쉴 새 없이 퍼먹는다.

우리는 각자 다른 가정에서 다르게 자랐지만 하나가 된다.

요즘의 풍토와는 너무도 다른 세상이었다.

어린이들끼리 소풍을 간다는 것도 있을 수 없고,

남의 밭에서 서리를 한다는 것도 용서할 수 없는 세상이다.

삶은 풍요로워졌는데 정은 줄어든 듯하다.

함께 무리지어 노는 아이들을 보기가 힘들다.

각자 게임이나, TV, 그리고 학원을 돌기에 바쁜 세상이 되었다.

다들 천재를 만들고 싶어 하는 건 아닌지….

사람끼리 정을 나누고, 느끼며 산다면 얼마나 좋을까 생각해본다.

'굶어 죽는 일은 참 어려운 일이지.' 하면서….

하고 싶은 일 하면서 사람들과

더불어 사는 그런 삶을 꿈꾼다.

서른의 소풍

나이를 먹어서도 소풍을 즐긴다.
보통 야유회라 하지만 나는 소풍이라 명한다.
그리고 도시락을 싸고 과일, 음료수, 과자 등
학창 시절과 별반 다르지 않게 준비한다.
물론 학창 시절보다 조금은 더 풍성하겠지만….

친구들과 함께 걸어서,
때론 자전거를 타고,
들로 산으로 소풍을 간다.
난 미리 보물찾기를 준비한다.
녀석들은 보물이 무엇인지도 모른 체
앞 다투어 보물찾기에 여념이 없다.
학창 시절보다 더 치열하다.

둘. 소빈 이야기

보물 종이를 찾은 친구들은
열을 올리며 나에게 가져온다.
선물을 달라는 게지….
하지만 선물은 저녁 식사를 위한 벌금이다.
이천 원, 삼천 원, 오천 원, 만 원 등 벌금을 물게 해
그 돈을 모아 저녁 식사를 한다.

뭣도 모르고 보물찾기에 열을 올렸던 친구들은
그래도 행복하게 벌금을 내준다.
그리고 게임을 하고 노래를 부르고
맛있는 도시락과 간식을 먹고….
가끔은 진지한 얘기도 자연 속에서 편하게 한다.
소풍의 묘미가 아닐 수 없다.
어느 소풍 때 서울에서 내려온 친구가
남원에 정착해 살다가 함께 하게 되었다.

이 나이에 이런 소풍을 할 수 있다는 것에 매료된 그 친구는
대뜸 다음 소풍을 자기가 준비할 테니
참석만 해달라는 것이었다.
그리고 예약된 날짜에 소풍을 가게 되었는데
술과 음료가 가득 담긴 아이스박스에, 삼겹살에,
여러 가지 풍성한 음식들….
결국은 야유회였다.

참석한 모든 친구들이 웃으며 우리는 소풍이 좋다고 말했고
결국 그 친구도 자신은 좋은 마음에 준비했지만
너무 넘쳤다는 것을 인정했다.
소풍가기 좋은 날씨다.
몇 가지 바쁜 일정 끝내고
조카들과 친구들 보아 소풍을 가야겠다.

둘. 소빈 이야기

휴 -할머니와 통장

옆집에 팔순이 넘은 할머니가 혼자 세를 들어 이사를 오셨다.
아주 자그만 체구에 당당한 걸음걸이….
딸이 한 명 있다는 얘기는 듣지만 할머니는 늘 혼자셨다.
공과금 관련 문제나 문서, 혹은 통장 관리 등의 문제를
요청할 곳이 마땅치 않으셨던 할머니는
나에게 그런 문제를 요청했다.

나는 흔쾌히 할머니의 재정 관리까지 해드리게 되었다.
동네에 할머니들이 많고 젊은 사람이 없는 현실이 말해주듯
나 역시 동네에서 웬만한 일들을 돌봐드리는
이장 같은 존재가 되었다.
생활보호대상자에 노령 연금까지 받아오시면서

할머니는 꽤 많은 돈을 통장에 갖고 계셨다.
이리 저리 흩어진 통장을 좋은 조건으로 모아서
할머니께 조금이라도 이익이 돌아갈 수 있게 하기도 했고,
금융권과 상담하여 최대한의 수혜를 볼 수 있도록 해드리기도 했다.

그런데 어느 날 그 통장을 해약하고 그 돈을 딸에게
보내달라는 것이었다.
딸이 사업을 하는데 돈이 필요하다고 보내달라는 부탁이
있었단다.
알고 보니 그렇게 저렇게 모인 돈을
할머니는 한 푼도 쓰지 않고 통장에 넣어두셨다가
1년에 한 번도 찾아오지 않는 딸에게 보내시곤 하셨던 것이다.

사실 할머니도 석연치 않은 일이셨던 모양이다.
나는 할머니를 설득했다.
이런 일은 밑 빠진 독에 물붓기라고….
계속 이렇게 할머니 통장을 비우다 보면
나중에 할머니 돌아가시면 장례식도 못 치룰 거라고
좀 강하게 말씀드렸다.
그래도 할머니는 막무가내셨다.

결국 할머니의 전 재산을 해약하여 송금해야 했다.
그렇게 1년이 지나니 할머니의 통장엔 또 기백만 원의 잔고가
쌓였다.

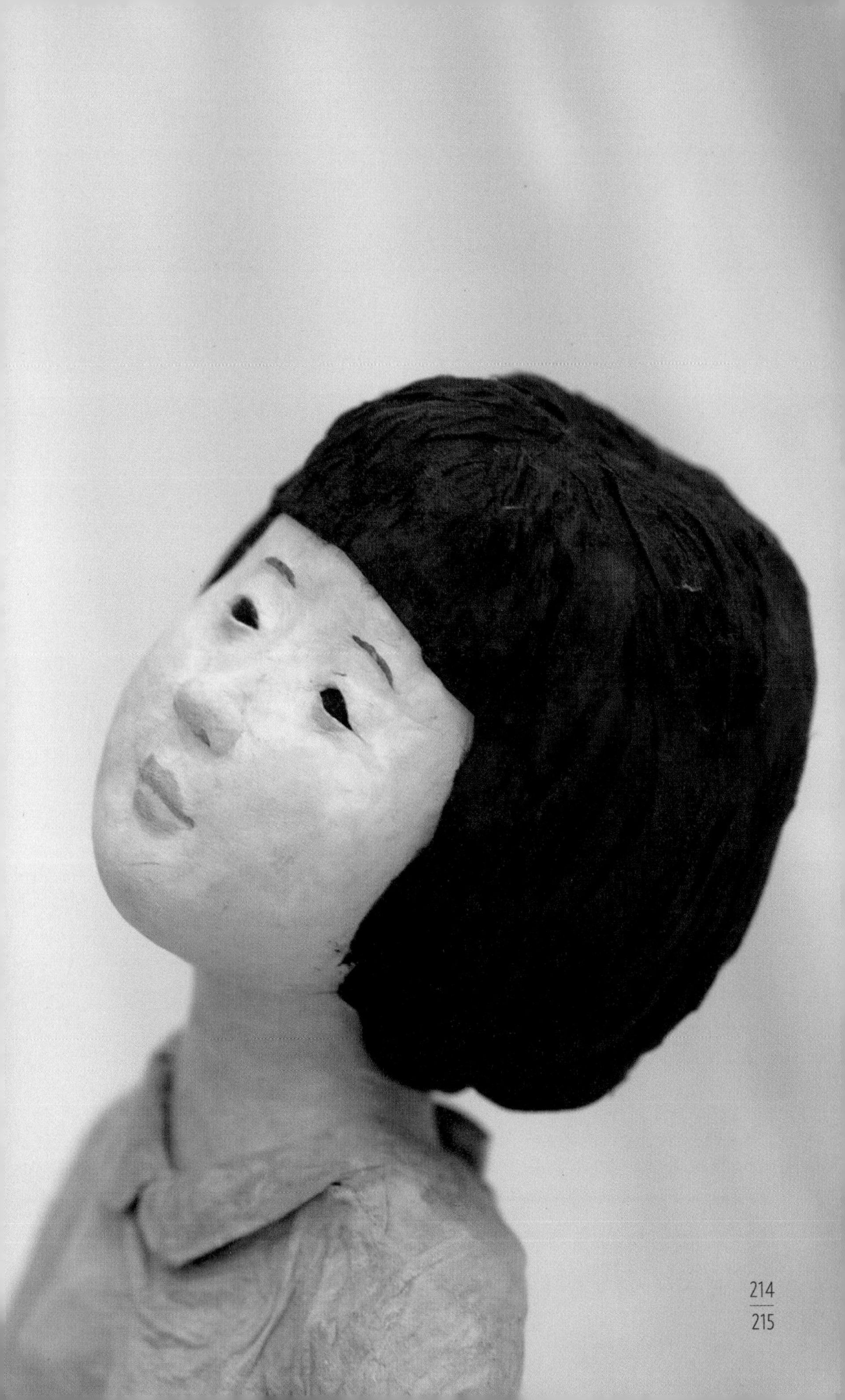

어김없이 딸로부터 송금해달라는 연락이 왔는데

이번엔 아예 나의 전화로 부탁을 했다.

나는 대뜸 할머니의 잔고에서 절반밖에 없다고 말씀드렸다.

그리고 할머니께 절반은 갖고 계시라고 하면서 절반만 송금을 했다.

할머니도 나의 뜻에 따르셨다.

그런 일을 계속 반복하고 있다.

부모와 자식의 관계를 생각해보는 일이 아닐 수 없다.

주어도 주어도 모자라는 마음인가 보다.

미워도 미워도 사랑할 수밖에 없는 관계인가 보다.

나는 비어도 텅 비어도 자식에겐 채워주고 싶은 마음인가 보다.

누나

누나의 어린 시절 이야기는 들어도 들어도 가슴이 아팠다.
7남매 중 가운데로 태어난 누나는 할머니가 산골에서
혼자 사신다는 이유로 보고 싶은 엄마를 떠나 할머니와 살게
되었다.
우리는 식구는 많지만 집이 없어 남의 집에 세를 들어 살았다 했다.
수일에 한번 엄마가 할머니를 찾아오면 누나는 엄마를 따라가고
싶어 마을 어귀에 몰래 나가 있었지만
할머니에게 들켜 눈물만 흘리다 잠이 들곤 했다.
오빠들이 오면 오빠들 따라가려고 안간힘을 썼지만 소용없는
일이었다.
내가 아주 아이였을 때 누나는 우리 집에서 함께 살게 되었다.
누나는 나를 특히 예뻐하여 늘 등에 업고 살았다.
그리고 얼굴을 깨물어주며 늘 사랑을 쏟아주었다.

어쩌면 나도 엄마 같은 품을 누나에게서 느꼈나 보다.
언젠가 시집간 누나가 집에 와서는
“남들은 친정에 친정 엄마가 보고 싶어 간다고 하는데

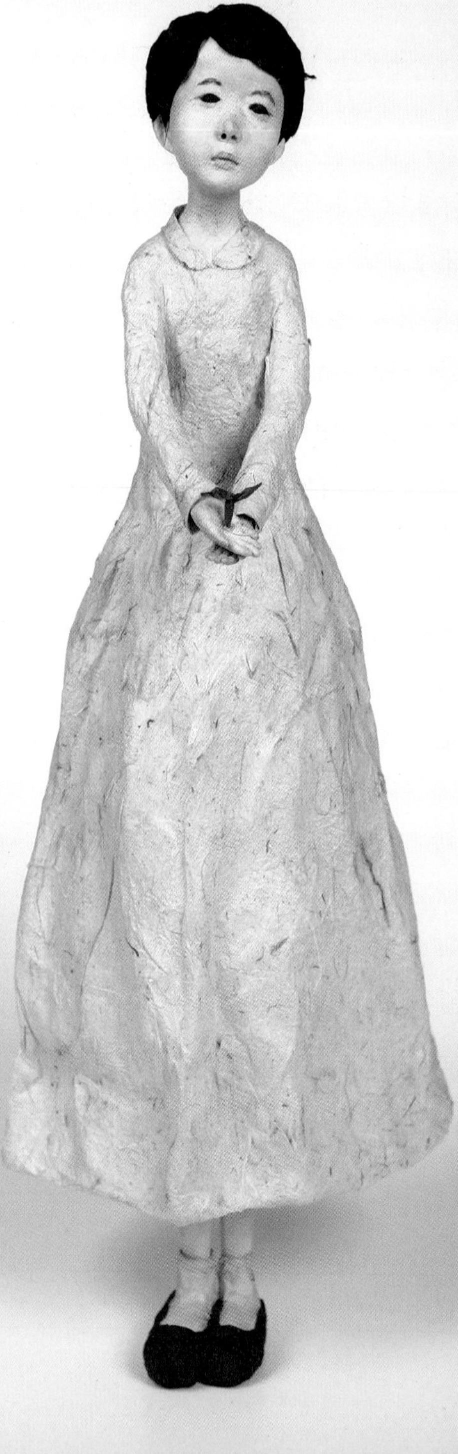

둘. 소빈 이야기

나는 막내 네가 없으면 친정에 온 것 같지가 않아.
네가 더 보고 싶다."
그런 말을 한 것을 보면 누나와 나는 특별한 정이 있었던 것 같다.
초등학교 시절 누나가 돈 벌러 서울 갈 때
마을 어귀에서 한없이 울었던 기억이 난다.
엄마와 떡을 팔고 돌아오던 마을 어귀….
누나가 온다는 소식을 듣고 한 시간 두 시간씩 기다리던 마을 어귀….
그런 슬픈 추억을 안고 지금은 밝은 얼굴로
가까이 할 수 있음만으로도 행복을 느낀다.

둘. 소빈 이야기

때론 엄마가 밉다

엄마가 늘 그립고 좋은 것만은 아니다.
물론 생존해 계시기 때문일 것이다.
가끔씩은 엄마가 예뻐 보이지 않을 때가 있다.
우리 엄마이기에 남들에게 좀 더 예쁘게 보이고 싶어 하지만
내 욕심에 불과하다는 것을 느꼈을 때 작은 절망감이 들기도 한다.
자식보다 자식의 친구들을 먼저 챙겨주셨으면 하지만
엄마의 욕심은 자식에게로 눈길을 향한다.
아무리 말씀을 드려 고쳐보려 하지만
유별난 자식 사랑을 가진 엄마에겐 불가항력인가 보다.

심지어 난 성인이 되었고 조카들이 어린 아이였을 때에도 나를 먼저 돌보신다.
그러다 보니 조카들이 오히려 형 같기도 하다.
그런 엄마를 미워하기도 했었다.
내 맘과 너무 다른 엄마를 볼 때 속이 상했다.
다른 사람들이 엄마의 저런 모습을 안다면 어떻게 될까 하면서 조바심도 냈다.
그런데 그렇게 시간이 흐르고 나니 어언 팔순이 되셨다.

둘. 소빈 이야기

지금은 그런 일들이 더 많아진다.
그러나 나도 타성에 젖는다.

그래도 엄마를 사랑하기에 여전히 타이르고
올바르지 않았던 행동에는 가르침을 잊지 않는다.
그렇게 하기엔 오랜 시간이 걸렸고
타이밍이 중요하다는 것도 알게 되었다.
이제 엄마가 정월 대보름달을 몇 번이나 더 보면 세상을 떠나실지….
예쁜 코스모스 꽃을 몇 번이나 더 보시면 세상을 떠나실지….
생각하면 가슴이 찡하다.
하긴 그 소중한 자식들도 일 년에 한두 번씩 보는 건데….
어쨌든 엄마와의 작은 전쟁도 소풍에 꼭 필요한 양념이었으리라.

순이와 코스모스

순이는 가을을 더 좋아했다.
코스모스가 있었기 때문이었다.
둘이 코스모스길을 걸으면 동화 속 주인공이 되는 듯 했고
순이도 그러했을 것이다.
고등학교를 가면…, 대학교를 가면….
그런 이야기들을 주로 했을 테지만
시시콜콜한 이야기도 아름다운 시가 되고 소설이 되었다.
난 코스모스 꽃보다 잎을 뜯어 순이의 손에 꼬옥 쥐어준다.
그리고 냄새를 맡아보라고 한다.
순이는 이상하다고 하면서
그것이 코스모스의 향이라고 생각하고
지금까지도 그 추억을 이야기 한다.
순이와 앞날을 이야기 하고 현재를 이야기하고 그렇게
가을을 만끽했다.

그 가을은 여전한데 순이는 옆에 없다.

사랑초 이야기

고등학교 시절 약한 몸으로 학교를 꽤나 오래 쉰 적이 있다.
아침이면 늦게 일어나 모두가
떠나버린 텅 빈 방을 공허해할 때였다.
어느 맑은 늦여름 날 모두가 나가고 없는 아침나절
햇살은 따갑게 창을 비추고 있었다.
창가엔 자줏빛 사랑초 화분 하나가 놓여있었다.
여리디 여린 줄기에 커다란 하트모양을 세 개씩이나 붙인 잎들이
마치 나비처럼 날고 있었다.
그런데 죄다 햇살을 향해 고개를 숙이고 있는 것이 아닌가.

일제히 인사라도 하듯이 태양을 향해 고개를 숙이고 있었다.
난 무심결에 화분을 180도 돌려놓았다.
방안으로 인사를 하는 잎들 그리고 가녀린 꽃잎.
그렇게 하루를 보내고 다음 날 아침.
창가의 잎들은 다시 태양을 향해 일제히 인사를 하고 있었다.
어쩌면 당연한 순리였을 뿐이다.
그러나 그들은 나에게 절망하지 말라고….

그냥 순응하며 살라고….

쌃시만 강한 메시지를 전해주고 있었다.

나는 삶을 받아들이는 쉽지 않은 일을

사랑초 그들로부터 배우고 있었다.

경원이와 비디오

작은 조카 녀석이 군대 간지 벌써 3년이 되었다.
제대를 하고 든든한 녀석이 집에 돌아오니
집안이 더욱 풍요로운 듯 했다.
초등학교를 다니다 서울로 이사를 했고 다시 돌아와 중학교,
고등학교를 다니던 곳이라 녀석에겐 고향이었고,
추억이 잔뜩 배어 있던 곳이었기에 더 편한 모습이었다.
제대한 다음 날 저녁을 먹고 산책을 하자고 한다.
천변을 따라 봄의 향기를 가득 담으며
그 존재만으로 행복을 만끽하고 있었다.
"엉클, 우리 가전제품 코너에 잠깐 가봐."
뭐 살 거 있느냐는 질문에 그냥 필요한 게 있다고
얼버무리며 나를 끌고 시내로 들어간다.
이리저리 둘러보는 척 하더니 나에게 필요한 것을 고르란다.

사실 지 맘으론 삼촌이 영화를 좋아하니 비디오를 사오고 싶었단다.
그런데 혹시 다른 것이 필요할지 모르니 내게 필요한 것을 고르란다.
당시엔 집에서 휴양을 하고 있던 터였기에,
나의 사정을 너무도 잘 알고 있을 녀석이었다.
그러나 무엇보다 이제 막 군에서 제대한 놈이 돈이 있을 리가 없었다.
내내 말을 돌리던 녀석은 나의 추궁에 끝내 입을 열었다.
군 생활 3년 동안 적금을 들었단다.

월급이 1만 7000원.
그리고 휴가 나오면 여기저기서 받은 용돈을 거기에 보탰고,
담배를 피우지 않아 그것을 돈으로 바꿔
한 달에 3만 원씩을 적금 들었더니 제대할 때 백만 원이 되었단다.
그리고 그 돈은 이 못난 엉클의 서른한 번째 생일을 위해
온전히 바칠 각오로 기쁜 마음에 달려왔다는 것이었다.
제 자신을 위해 쓴다면 엄청나게 큰 돈 이었을 것이다.
그런데 너무나 기쁘게 나에게 다 주려 했다.
나의 눈물과 그 고생한 3년이 녀석의 웃음 속에 오버랩 되었다.

둘. 소빈 이야기

아버지와 보리꽃

초여름 밤 아버지는 보리서리를 시키셨다.

어느 논 한 쪽에서 보리를 한 움큼 베어오라고 낫을 쥐어주셨다.

물론 형에게 시키신 것이다.

형과 나 그리고 동네 형들이 함께 보리를 몇 움큼 베어오면

아버지는 마당에 작은 모닥불을 피우고

우리들이 서리해 온 보리를 올려놓으셨다.

잠시 후 까맣게 탄 보리알을 손으로 부비면 새파란,

아니 초록의 보석들이 톡톡 튀어나왔다.

한 주먹 입속에 털어 넣으면 하늘의 별처럼 입 안이 파래졌다.

-아버지의 작은 기억